ET JE PRENDRAI TOUT CE QU'IL Y A À PRENDRE

La littérature française aux Éditions Viviane Hamy
(Extraits du catalogue)

Guillaume Staelens
Itinéraire d'un poète apache

Cécile Coulon
Méfiez-vous des enfants sages
Le roi n'a pas sommeil
Le Manifeste des enfants sauvages (H. C.)
Le Rire du grand blessé

Hoai Huong Nguyen
L'Ombre douce

François Vallejo
Vacarme dans la salle de bal
Pirouettes dans les ténèbres
Madame Angeloso
Groom
Le Voyage des grands hommes
Ouest
Dérive
L'Incendie du Chiado
Les Sœurs Brelan
Métamorphoses

Jean-Paul Auffray
Icare trahi

Claire Wolniewicz
Ubiquité
Le Temps d'une chute
Terre légère
La Dame à la larme

Gilles Heuré
L'Insoumis, Léon Werth
L'Homme de cinq heures

Brigitte Le Treut
Lumière du soir
Spirale

André Lorant
Le Perroquet de Budapest

CÉLINE LAPERTOT

ET JE PRENDRAI TOUT CE QU'IL Y A À PRENDRE

VIVIANE HAMY

D'après une conception graphique de Pierre Dusser

ISBN 978-2-87858-590-2

Et toi mon cœur pourquoi bats-tu
Comme un guetteur mélancolique
J'observe la nuit et la mort.
Guillaume Apollinaire, *Le Guetteur mélancolique.*

Ne m'importune plus, laisse-moi soupirer,
Je cherche le silence et la nuit pour pleurer.
Corneille, *Le Cid,* III, 4.

J'ai dix-sept ans.

Je m'appelle Charlotte.

Je suis ce qu'on appelle communément une adolescente, mais il y a un contraste saisissant entre la juvénilité de mes traits et l'absence de candeur qu'exprime ma perception de la vie. Je connais le néant, l'obscurité, j'ai vu ce que la vie a de plus sombre. Pourtant, mes jambes me portent encore, solides sur cette terre dont j'ai été trop longtemps maintenue éloignée. Les gens ont évolué sans moi pendant dix ans ; il faudra dorénavant compter avec moi.

J'écris parce que d'ici quelques jours tout le monde s'intéressera à moi. À mon histoire. À mes failles. À mes silences. J'écris parce que nul n'échappe aux mots. Ils sont aussi puissants que ma main armée lorsqu'elle a frappé. Mes mots sont tout ce qu'il me reste après ma bataille. Ils sont mon atout, ma passerelle vers la lumière.

J'écris ce que je suis.

Je mesure exactement un mètre soixante-quatre et je me targue d'être plus grande que ma mère – une petite femme éternellement confinée dans son obscurité. Mon physique est banal, sans particularité, et je ne crois pas avoir un jour allumé la moindre flamme dans le regard des garçons que je côtoyais. Je n'ai jamais eu le droit de les fréquenter, ces jeunes mâles attirés par un pulpeux que je ne possède pas. Un seul. Un seul d'entre eux et ce fut ma condamnation.

Ou ma libération.

Ma poitrine est plate. Elle n'inspire pas la confiance qu'inspirent les rondeurs. J'ai la maigreur des jeunes filles qui ignorent encore que la nourriture n'est pas uniquement constituée d'idées et de littérature. Il ne m'appartient pas d'épiloguer sur ma beauté, mais je devine la pâleur de mes poignets sous mon pull trop large, ma peau ternie par le manque de lumière qui baigne mon intérieur. J'étais noiraude et insignifiante, jusque dans ma façon de déambuler. J'étais une ombre qui se mouvait le long des couloirs du lycée. Une ombre parmi d'autres ombres qu'on ne remarquera jamais. Je suis une carpe qui a conscience d'être une carpe. Et je désire par-dessus tout m'échapper du bassin où je surnage.

J'écoute mes camarades parler de leurs petits problèmes existentiels mais tout le mépris qu'ils m'inspirent ne franchit jamais les portes de mon âme. Ils sont trop occupés, mes camarades lycéens de dix-sept ans, à s'observer le nombril. Trop occupés à s'extasier devant la vigueur de leurs muscles et à toucher le grain si doux de leur peau pour percevoir, que dis-je, entrapercevoir, immobiles dans leur petite bulle au confort étriqué, ce qu'a été l'enfer de mon existence.

Ils vivent leur vie d'adolescents, voilà tout. Cette vie qui n'est pas la mienne. Ce paradoxe d'un âge où nous sommes à la fois puérils et lucides. Ces dix-sept ans qui font de nous des êtres capables de sentir le monde – ses failles et ses grandeurs – mais qui nous offrent encore la possibilité de garder un pied dans l'enfance.

Sauf que je ne suis pas ainsi.

J'ai dix-sept ans, et j'ai tué.

Je ramasse les morceaux épars de mon être, celui qui a volé en éclats lorsque j'ai saisi le couteau. Je reconstitue ces morceaux de moi-même et je vous les offre, monsieur le juge, vous qui devez m'écouter et suivre les méandres du cerveau qui a engendré ce drame.

Mon drame.

Les meilleurs morceaux de mon être sont là, nichés quelque part. Et aussi dans la zone la plus obscure de mon cœur, qui pour l'instant occupe le devant de la scène.

Pour qui donc suis-je en train d'écrire ?
Pour vous, monsieur le juge. Et dans la marge, j'ajoute :
« Lisez attentivement mes lignes car vous n'entendrez pas ma voix. »

Nous y voilà, monsieur le juge.

J'ai dix-sept ans, j'ai commis un meurtre. Les rôles que nous avons à jouer sont opposés. Vous devez comprendre. Me comprendre. Juger mon geste, juger ma vie, prendre en considération les « circonstances atténuantes ». Je dois vous donner à voir. Ce qu'ont été mes dix années d'enfer, mon choix de tuer pour revenir à la vie. Je ne connais rien de mieux que l'écriture pour vous l'expliquer. Tout à l'heure, vous attendrez de moi que je collabore; mes phrases seront plus efficaces que les faibles réponses que j'apporterais à vos questions.

Je me suis levée à six heures du matin; mon éducatrice, Sandrine, est venue me chercher en voiture. Elle a jeté un regard bref sur le cahier à spirale que je tenais fermement contre ma poitrine. Elle n'a pas posé de questions. Elle sait que je n'y réponds jamais. Elle a acquiescé – muette approbation qui signifie : « J'ai compris, tu vas écrire au juge. » Sandrine s'occupe de mon « dossier » depuis que vous avez pris la décision de me placer en foyer. Vous avez compris que ma mère a déjà fort à faire en s'occupant d'elle-même. Elle doit elle aussi se reconstruire, paraît-il. Inutile de lui confier la charge encombrante que représente la meurtrière de son mari. Elle en sera incapable. Vous me l'avez demandé, d'ailleurs : « Veux-tu rester avec ta mère ? » J'ai dit non. J'ai tué seule. Mon acte, je l'assume seule.

Nous y voilà, monsieur le juge.

C'est aujourd'hui que vous prononcerez votre jugement. Je sais que la justice est lente, et personne ne m'a caché le fait que je devrais attendre. Longtemps. Nous avons rendez-vous à huit heures, mais Sandrine m'a laissé entendre qu'il y avait pas mal de monde avant nous. J'aurai donc le temps de vous expliquer. Vous allez me lire, monsieur le juge. C'est tout ce que je demande. L'écriture est le plus sûr des avocats. Vous allez lire dix ans de la vie d'une très jeune fille. Dix ans de souffrance et de silence.

J'ai sept ans, monsieur le juge. À sept ans, la vie semble belle.

En réalité, j'ai sept ans et c'est la dernière fois que je pénètre dans ma chambre à coucher. Je crois me souvenir qu'elle est rose, du rose qu'aiment les petites filles tranquilles. Les murs ont été repeints en rose pastel, spécialement pour moi, la future jeune fille qui rêve d'une chambre unique. J'y vois les petites fleurs que j'avais dessinées le long des plinthes, et je sens encore l'odeur des bonbons acidulés que ma mère déposait sur ma table de chevet. Mes yeux se posent sur chaque détail, et je me dis, avec la candeur de ma huitième année, que les copines seront vertes de jalousie en découvrant mon palais.

Mes yeux miroitent encore lorsque je les pose sur l'édredon parfaitement lisse, ainsi que sur mon petit bureau peint en blanc. J'ai l'air d'une enfant studieuse. J'ai de l'avenir, ça oui ! Comment pourrait-il en être autrement ? Comment ne pas avoir un avenir, avec une chambre si parfaitement dessinée ? Il me semble que toutes les portes s'ouvrent pour moi. Bientôt ce sera la chaîne hi-fi, puis le baladeur pour les CD qu'il ne manquera pas de m'acheter, et puis ce sera la télé, bien sûr ! Tout le matériel informatique et high-tech qui me susurrera que je suis une privilégiée.

J'ai sept ans, et la vie ne peut pas être plus belle, au milieu de tout ce confort.

La preuve est faite quand Lisa arrive à la maison vers quatorze heures trente ; à seize heures, il est prévu qu'elle goûte avec moi. Je le vois, dans ses yeux, qu'elle admire ma jolie chambre. Je bombe mon petit torse et mes seins même pas naissants, j'ai de la chance, bien plus que maman qui se pavane dans chacune des pièces de notre maison avec son perpétuel œil au beurre noir ! Parfois, elle met des lunettes de soleil pour ne pas inquiéter les invités : c'est précisément ce qu'elle a fait lorsque Lisa a poussé la porte d'entrée. Papa n'est pas revenu du travail, nous pouvons nous laisser aller. Ses cris et ses mains enragées sont loin, et pour le moment je m'en crois à l'abri ; ne m'a-t-il pas offert, à moi, sa jolie petite fille, la plus belle des chambres ? Il est évident qu'il n'aura jamais l'idée de me frapper.

Pourtant, ce n'est pas de ça que je dois me méfier. Mais je ne le sais pas encore. On ignore toujours les sales tours que nous réserve le destin.

Maman baisse les yeux pour éviter de trop nous voir. Je ne suis pas certaine d'avoir un jour véritablement plongé mon regard dans le sien. Ai-je une seule fois pu sonder son âme ? Ai-je une seule fois réussi à explorer le champ de son unique pensée, toujours sur le qui-vive : éviter à tout prix la prochaine colère ? Ma mère ne m'a pas regardée dans les yeux lorsque, pour la dernière fois, je me suis vautrée sur ma couette où resplendit Cendrillon dans sa longue robe blanche, devant l'admiration ébahie de mon amie. Depuis ce jour-là, ma mère n'a jamais voulu affronter le regard de sa fille. Elle s'est contentée, furtive, de passer dans mon antre, morne, la peau aussi livide que sa culpabilité.

J'ai toujours droit à la collection des *Fais-moi peur*, mais j'ignore que je n'en terminerai jamais la lecture. Elle trône sur l'étagère, tel un aligement de coupes et de médailles. Lentement, je deviens la petite fille sûre d'elle qui se métamorphosera en adolescente programmée pour ne réclamer que ce qu'on lui demande de réclamer.

C'est sans compter sur les revirements intempestifs du destin.

J'appartiens à la tragédie, combien triste est ma vie, et j'en suis fière. Je suis de la race des modernes Antigone qui savourent leur condamnation avant d'en rendre les extraits les plus amers. Je suis Iphigénie, celle qui prend la mesure de son propre sacrifice. Comme m'en plaît l'idée, au moment où je perds tout, pour un jour avoir le droit de tout retrouver !

J'ai sept ans, ma chambre éclate de beauté, jusqu'à ce que j'entende la porte claquer. La réunion de papa ne s'est pas bien déroulée. Son défouloir officiel courbe sa dépendance, prêt à tendre la nuque au bon vouloir de Sa Majesté. C'est pitié de la voir ainsi, chien soumis, opinant déjà du chef alors qu'il ne fait que l'injurier. C'est pitié de la voir endosser son rôle, car tel est son destin, demander grâce pour le moment où elle n'arrivera plus à le supporter. Aucune cassure dans la voix, pas de verre pilé dans les sourires, elle avance d'un pas lent et sûr vers la raclée qu'elle a accepté de recevoir. Du haut de mes sept ans, j'ai déjà perçu qu'elle a dépassé le stade où elle cherchait à comprendre ce qui avait pu se passer. Elle encaisse, elle rase les murs en attendant la crise, et son existence lui convient, tant qu'elle peut garnir nos assiettes.

Maman est la femme d'intérieur. La femme parfaite pour les hommes qui ne savent se rêver qu'en maîtres de leur petit monde.

Contrairement à elle, j'ai souhaité faire basculer ma vie, et j'ai réussi.

Je vous écris, monsieur le juge, pour vous expliquer ce que j'ai compris. Ce que j'ai compris lorsque j'ai prononcé le mot qu'il ne fallait pas prononcer, ce que j'ai compris en lisant dans le regard de mon père que je n'étais plus la petite fille que j'étais la veille encore. Je l'ai perçu, ce basculement. Il m'a fait voir qu'il fallait qu'il me casse moi aussi, parce qu'en lui émergeait, insidieusement, son désir d'un jour me remodeler. Je devrais apprendre à me taire lorsque l'homme dirait qu'il fallait se taire. Ma lecture des classiques m'a permis de saisir l'instant exact où j'ai basculé dans la tragédie. Il suffit de rien : tourner à gauche au lieu de tourner à droite, rire alors qu'il aurait fallu pleurer, parler au lieu de s'accommoder du silence.

Je vous écris que j'ai choisi l'action, au lieu de me rencogner dans l'indifférence silencieuse.

La porte a claqué, et papa a crié : « Mathilde ! » Lisa s'est figée. Elle vient rarement chez moi. Elle n'a pas l'habitude d'un papa qui crie sa haine chaque fois qu'il franchit le seuil de sa maison. Elle ne sait pas que les oreilles s'habituent aux sonorités denses, aux râles et aux plaintes d'une maman qui suffoque. Elle évolue dans un univers où le père a toute sa tête, une tête bien calée au milieu de ses épaules, avec une commande intérieure qui interdit de tabasser sa femme parce qu'on a passé une mauvaise journée. Moi, je sais. Je ne peux pas lui en vouloir de sursauter, d'être intriguée par mon calme. Maman descend l'escalier en courant pour devancer les petits désirs quotidiens, le journal, la robe de chambre, les pantoufles, le petit apéritif.

Mon père est un pantouflard qui cache ses petits poings rageurs dans de grosses chaussettes en laine.

La porte a claqué, et les minutes se sont accélérées, comme à la fin d'une bonne petite tragédie. Je pressens ce qui est à venir, les cris, les coups, les mots délicats qui ponctuent les bruits : l'homme de la maison a toujours une excellente raison pour laisser sa main se balader ainsi. Il existe toujours des connecteurs logiques qui relient le coup de poing au coup de pied, et, perdue dans cette argumentation parfaite, ma mère abandonne chaque jour un peu plus de sa chair, un peu plus de sa conscience, un peu plus de sa liberté. Mon père possède le bagout qu'il faut pour se faire obéir et transmettre ses idées. Ainsi ma mère ne peut-elle qu'acquiescer en essuyant son nez ensanglanté : elle ignore la riposte qui lui permettrait d'oser dire à son mari qu'il n'a pas le droit. Ce jour-là n'est pas différent des autres, pour ma mère. Elle a trottiné derrière lui pour lui donner ce qu'il réclamait. Le bruit que je guettais a retenti, et j'ai su que c'était un coude qui était parti.

Le coude de mon père est puissant. Il fait du sport trois fois par semaine, pour rester en forme, pour entretenir la force nécessaire pour taper sur sa femme. Lisa n'a pas su ce qu'était ce bruit étrange : moi, en revanche, je connais le bruit que produit un coude qui heurte une gencive d'un coup sec. Je connais le craquement de la mâchoire. Je ne peux pas le dire à Lisa. Je sais qu'il s'agit d'un secret qu'elle s'empresserait d'aller répéter. Je fais en sorte de détourner son attention, pour qu'elle ne panique pas, pour qu'elle n'aille pas cafter chez elle que chez moi, parfois, c'est la guerre.

Je sais déjà qu'en dépit de la magnificence de ma chambre Lisa ne mettra plus les pieds chez nous. Trop d'éclats de voix, trop de bruits bizarres que moi seule suis capable d'interpréter. Ma belle chambre rose ne sera plus admirée que par moi, c'est du moins ce que je crois à ce moment-là, en cet instant où je propose gentiment à Lisa de rentrer chez elle, tout en chargeant ses bras de paquets de bonbons afin que sa mère ne s'inquiète pas trop du teint livide de sa fille.

J'ai saisi l'instant tragique, l'instant où tout a basculé. Ce petit rien, cette parole, ce geste, ce regard de trop qui a transformé mon père en loup aux dents acérées. Lisa et moi, nous traversons le couloir puis nous descendons l'escalier pour rejoindre la porte d'entrée. Je suis aux aguets. Je ne voudrais pas croiser ma mère et sa gencive démise. C'est au bas des marches que tout se précipite : je vois maman courir vers la cuisine – pour échapper au regard aiguisé de sa fille qui voit et qui juge – en même temps que mon père affalé sur son canapé, arborant l'air satisfait du mâle ravi d'avoir renvoyé sa ménagère à ses fourchettes et à ses couteaux. Au commencement, je n'ai pas compris pourquoi elle n'avait pas effectué le chemin en sens inverse, en brandissant un objet pour lui trancher la gorge une bonne fois pour toutes. Par la suite j'ai saisi toutes les nuances d'une domination sans faille. J'ai vu le processus qui a réduit ma mère à l'état d'esclave et son cerveau à celui de la non-pensée.

Lisa a accéléré le pas, et j'ai compris qu'elle avait peur. Peur du regard de mon père, peur de l'ombre furtive qui s'était glissée dans la cuisine sans prendre la peine de lui dire au revoir. Quelque chose ne va pas et mon amie éphémère l'a senti. Je lui claque la porte au nez avec un sourire qui se veut rassurant, mais qui doit ressembler aux masques figés que l'on découvre dans les manuels scolaires.

Je me retourne vers papa, les poings sur les hanches, comme je l'ai vu faire à la télé, mais dans son regard quelque chose a déjà changé. Il n'aime pas ces poings sur mes hanches, il n'aime pas ma mine renfrognée. Je n'ai pas le temps d'ouvrir la bouche qu'elle se ferme sous la pression d'un coup de poing écrasant. Je m'adosse à la porte, je tente de comprendre ce qui vient de percuter ma figure. Maman a bondi hors de sa cuisine, affolée. Elle condamne mais elle n'interviendra pas.

– Comme ta mère ! Voilà ce que tu es ! Une chieuse qui se permettra de faire sa loi si jamais on la laisse faire !

Sur ces mots que je ne comprends qu'à moitié, on m'administre une gifle pour me remettre les idées en place.

– Il faut tuer la vermine dès qu'elle apparaît !

En entendant ces paroles énigmatiques pour moi mais pas pour elle, ma mère étouffe un cri et me suit du regard, tandis que mon père entoure mon cou de ses mains et me traîne derrière lui. Ses doigts m'enserrent et je me soumets. Que vaut la force d'une fillette de sept ans face à celle d'un homme qui pratique le bodybuilding de manière intensive ? Je sens ses ongles qui s'enfoncent dans ma peau, et je me dis que demain il faudra que je pense à ne pas attacher mes cheveux, car ma nuque sera certainement toute bleue. Maman s'est toujours transformée en arc-en-ciel sous les coups de mon père. Je connais les conséquences, celles qui apparaissent le lendemain. J'ai de plus en plus mal, mais la douleur n'est rien comparée à la peur qui m'envahit lorsque je comprends que nous ne monterons pas les marches qui mènent à ma chambre. Brusquement mon père tourne à droite. Il m'empoigne si fort que ma tête vire à quatre-vingt-dix degrés.

La porte devant laquelle nous nous arrêtons, je la connais. Je la connais trop pour ne pas avoir envie de hurler. Alors tant pis, je hurle, je ne peux pas m'en empêcher, je hurle ma panique à l'idée qu'il me fasse descendre les marches de l'escalier. Papa n'aime pas mes cris. Il ouvre la porte d'un geste brusque et me force à entrer.

La cave s'offre à moi, béante, sous mes yeux affolés.

La cave est grise et froide.

Elle sent. Une odeur de moisi, une humidité qui se colle amoureusement aux murs. J'ai peur. J'ai peur dans cette grande cave qui sent le renfermé et qui produit toutes sortes de bruits. La canalisation chante sa tristesse, goutte à goutte. Je fixe la lampe accrochée au plafond, la peur déchire mon ventre : si elle venait à s'éteindre ? Mon ventre se noue, dévasté par la tonne de bonbons que j'ai engloutie juste avant. La petite fille adorée, la petite fille gâtée qui baigne dans le rose, jetée dans une cave immense, glaciale, vide ? Le destin n'a pas compris. Il se trompe. Ce cauchemar ne m'est pas réservé, je ne peux pas y croire. Je ne vois pas pourquoi papa aurait envie de m'abandonner dans une cave. Une erreur s'est glissée quelque part. La vie va bientôt reprendre son cours normal.

Puis mes yeux découvrent le fond de notre cave.

Ils se sont habitués à la lumière faible et mourante. J'aurais préféré qu'ils refusent cette agonie. J'aurais préféré ne pas voir ça. Au fond de la cave, il y a un lit, une minuscule table de chevet, une lampe que je n'ai jamais vue, et une commode que j'ai aperçue dans la chambre de mes parents, quelques semaines auparavant. Peu à peu la réalité m'étreint : ce lit sera mon lit, papa en a décidé ainsi. Je vais dormir dans ce lit froid sous ces couvertures grises. Où sont mes ours ? Où est ma poupée ? J'ai saisi que papa me punit, mais je n'en comprends pas la raison, alors, pour tenir le coup, je ne peux que prier pour que la punition ne s'éternise pas, pour que mon père oublie vite ce qui lui a déplu.

Plus tard, le constat s'imposera à moi. Il n'y avait pas eu de colère soudaine, il n'y avait qu'une punition préméditée. Sinon, comment expliquer la chambre installée dans la cave ? Quand cette idée avait-elle germé, et au nom de quel fantasme qu'il ne fallait surtout pas partager ? Pour l'heure, je ne ressens qu'une extraordinaire injustice. Mes dix-sept ans, eux, me proposent ce que la vie offre de plus odieux parfois : le cynisme et la désillusion. Mon adolescence s'effrite sous le poids de mes certitudes ; cela faisait des semaines qu'il me souriait, tandis qu'il peaufinait discrètement le moindre détail de son plan.

Je vous écris ces lignes, et je pourrais presque en sourire, tant j'ai conscience de m'être fait berner.

Je m'installe sur ce nouveau lit et je le trouve bien dur.

Ma chambre est grise. Gris les murs. Grise la porte en fer refaite récemment. Grise la lampe métallique qui éclaire mon coin de dortoir : de l'autre côté, il y a des boîtes de conserve et des sacs de patates. Je comprends que je vais dormir en compagnie de légumes et de féculents, et pour avoir passé beaucoup de week-ends chez pépé et mémé, je sais que pas loin des sacs de pommes de terre se terrent des souris.

Je vais dormir avec des légumes, des féculents et des souris. Je vais m'endormir dans la grisaille du matin et la grisaille du soir.

Et ce pendant dix années de ma vie.

« Oui, monsieur le juge, j'ai pris le couteau et j'ai frappé. »
C'est cela que je vous écris.
« J'ai pris le couteau, et j'ai visé. »

Mes dix-sept ans commencent mal.

Il est sept heures et demie du matin.

Sandrine m'a installée dans une salle d'attente. Elle a fait en sorte que je me retrouve seule, c'est une délicate attention. Elle sait que je n'ai besoin de personne pour ce que j'ai à faire. Quand bien même il lui est difficile de comprendre pourquoi je choisis de me confier à un cahier plutôt que de me tourner vers une oreille amie, elle respecte mon choix. Elle m'a installée le plus confortablement possible, et elle m'a dit : « Je reviens » avant de filer je ne sais où. J'ai donc pris mes aises, ravie de ne pas avoir à composer avec l'attente des autres. Leurs soupirs, leurs tentatives de me happer pour ébaucher une conversation, leurs pleurs. Je vous attends paisiblement, monsieur le juge, et mon stylo m'aide à faire le tri dans mes pensées.

Sandrine est revenue.

Elle frappe à la porte et elle a la courtoisie d'attendre le fameux mot magique que je peine à prononcer : « Entrez ! » Combien de temps pourra-t-elle tenir ainsi, en suspens derrière la porte, à attendre le bon vouloir d'une jeune fille perturbée que la misanthropie n'effraie pas ? Combien de temps pourra-t-elle attendre avant d'oser frapper une seconde fois ? Peut-être n'ai-je pas entendu, perdue dans les échos de ma voix tellement plus forts que le tumulte du dehors ? Je l'imagine grattant nerveusement à la porte de ma petite cellule improvisée, inquiète à l'idée que j'aie pu me pendre. Il faut dire que j'aurais de quoi me foutre en l'air, mais ma vie commence seulement aujourd'hui. Il serait dommage de songer, déjà, à partir.

Je le prononce, ce mot magique : « Entrez ! », pour prouver ma bonne volonté.

Parfois, je la sens tellement fragile, Sandrine, qu'il me semble à peine croyable qu'elle, cette petite maigrichonne aux racines colorées, puisse avoir la volonté d'entendre mon histoire d'un bout à l'autre. Pourtant, durant ces derniers mois, elle m'a montré à maintes occasions que fragile, elle ne l'est pas. J'ai cru, à tort, qu'avec ses cheveux à peine soignés et son dossier sous le bras, elle ne tiendrait pas le coup. Ses yeux s'éclairent soudain lorsqu'elle comprend qu'il m'intéresse, son petit dossier brun négligemment coincé sous son aisselle gauche. Qu'y a-t-il de ma vie dans ces quelques feuillets sur lesquels sont estampillés les logos du Conseil général ? Je suis dorénavant entre les mains de la société et je suis son souci, son boulet, celle qui, à peine élevée, a tué. Cela est marqué dans le dossier qui porte mon nom. Mais qu'ont-ils pu inscrire, pour ce qui concerne mon cœur sacrifié ?

Sandrine, ma jolie Sandrine blonde, aura peut-être la force de le saisir dans ses poings et de le presser, mon cœur, pour en exprimer les secrets de mes dix dernières années. Je suis prête à le lui offrir, ainsi que mon âme, si elle arrive à saisir ce que moi je n'ai jamais réussi à comprendre, au cours de cette décennie d'intense torture cérébrale. J'ai tenté de toute la force dont je me croyais capable de saisir le revirement de mon destin qui sans prévenir n'a plus voulu me contenter. Il a probablement perçu mon sens exacerbé du tragique et a cru me faire plaisir en me plongeant dans les abîmes d'une déréliction sans fin. Il a pensé que je me sentirais plus glorieuse si je faisais partie des opprimées. Il a cru que dans l'adversité se révélerait mon génie.

En fait, je me suis fanée.

J'ai laissé le tiède m'envahir et mon sang ne s'est pas révolté. Rien n'a pu bouillir en moi. Ni mon sens de l'injustice, ni la colère sourde d'être maltraitée. J'ai laissé glisser et le sens de ce sacrifice m'a échappé.

Ou peut-être n'ai-je simplement pas voulu comprendre.

Il est plus facile parfois de vivre les yeux fermés. La fenêtre de l'âme évite ainsi de s'ouvrir sur un monde opaque dans lequel il n'y a rien à envier, rien à espérer. Il m'était plus doux de me complaire dans la solitude de mes quatre murs humides, pour éviter de trop penser, pour éviter de me pencher sur la monstruosité d'une vie qui ne rime à rien. Alors je me suis ratatinée. Je me suis encastrée dans ma bulle que j'ai voulue noire et satinée. Je n'ai plus senti le monde qui m'entourait.

Des amis ? Pour quoi faire.

Sandrine n'est pas revenue les mains vides.

Pourquoi le dossier brun est-il coincé sous son aisselle ? Parce qu'elle est la seule à avoir pensé qu'après tout ça, je devais avoir faim. Elle m'apporte deux croissants au beurre et du jus d'orange dans un verre en plastique – petites attentions qu'elle a achetées à la pâtisserie du coin, à la dernière minute, pour détendre l'atmosphère qui sera oppressante. Elle est gênée et je ne me sens pas l'âme consolatrice.

– Tu n'as besoin de rien ? me demande-t-elle, d'une voix douce de professionnelle habituée à parler à des adolescents.

Si, j'aurais bien besoin d'une vie.

D'une nouvelle vie. D'une vie de rechange où il n'y aurait pas eu de cave et des murs suintant l'humidité et les champignons. Mais je ne parle pas de cela. Je suis économe en paroles, et je ne vois pas l'intérêt de m'épuiser en vains discours qui ne me feront jamais le cadeau d'une autre réalité. Je me contente de croquer allègrement dans son croissant qui n'attendait que moi, et c'est à peine si je la regarde dans les yeux, gênée par son regard de bienfaitrice de l'humanité. Que suis-je pour elle ? Une jeune fille paumée que l'on classe dans la catégorie suave des « cas sociaux », avant de la rendre à sa liberté ou de l'enfermer dans une prison pour jeunes criminels ? Je ne suis pas dupe, même si elle m'a offert un croissant. Je ne suis pas la première qu'elle croise dont la vie n'est qu'un bout de parchemin rafistolé.

Je ne suis pas la première à lire « maltraitance » sur la feuille qui dépasse du dossier brun.

– Cela peut jouer en ta faveur, tu sais, me déclare-t-elle, persuadée que le miel dans sa voix me rendra l'espoir.

Je ne connais plus la signification de ce mot. J'en ai oublié la définition le lendemain de ma claustration, lorsque j'ai compris que mon père n'avait pas l'intention de me sortir de ma cave. Le sale espoir, celui qui ne nous laisse pas nous enfoncer tranquillement. Le sale espoir qui refuse de baisser les armes et interdit de se glisser dans la certitude que tout cela finira mal. Je le déteste, ce malheureux espoir qu'elle tente de me refourguer.

Je préfère affronter ma réalité.

La réalité, la mienne, monsieur le juge, ce sont les dix années de ma vie que j'ai passées dans une prison. Les dix années fondatrices de la vie d'un enfant. C'est ainsi que Sandrine m'a présenté sa façon d'envisager ma défense, auprès de mon avocat, lors de notre première rencontre.

Dix ans de prison, ça suffit. Il est temps de vivre à présent.

Pour moi ce n'est pas un espoir. Pour moi c'est un tout. La liberté, ou rien.

Soudain, elle lâche une bombe que je n'avais pas vue venir et qui me met en colère.

– Tes grands-parents paternels aimeraient une lettre de ta part. Une lettre pour comprendre…

Elle ne me regarde pas en prononçant ces mots qui sonnent creux et qui sonnent faux. Peut-être a-t-elle deviné ce qu'elle va déclencher en me rapportant ces idioties.

– Qu'ils aillent se faire foutre.

Je n'ai rien d'autre à ajouter.

Qu'ont-ils voulu comprendre, eux, de mes cernes lorsqu'ils venaient nous rendre visite ? Qu'ont-ils voulu voir de ma tristesse et de mes yeux qui imploraient ? Ont-ils seulement perçu la détresse qui m'envahissait lorsqu'ils faisaient le chemin en sens inverse, en claironnant leur joyeux « à bientôt ! » qui m'arrachait le cœur ? Ils se pavanaient dans un bonheur de parents comblés par tant de richesses et de bienfaits, à mille lieues de ma haine et de mes crachats, à mille lieues de mes regards. Ont-ils regardé mes cheveux toujours humides, au point qu'à l'école on les prenait pour des cheveux gras et sales ? Ont-ils pris la mesure de l'absence de jouets, de l'absence de livres ? Les yeux bandés, ils embrassaient à peine leur petite-fille qui se cramponnait à eux, dont la seule demande de cadeau était un passeport pour la liberté.

Cette lettre qu'ils demandent, ils peuvent la souhaiter de toute leur force, ils ne l'auront pas. Jamais je ne l'écrirai. Je ne leur dois rien.

– Ils sont tristes, tu sais.

La défense des faux opprimés n'a aucune prise sur moi.

– C'est vrai que je suis tellement heureuse, moi.

Sandrine se tait.

Elle ne prononce plus un mot : elle sait que sa vie est douce. Son existence est sans drame, même si elle excelle dans l'art de plonger dans celui des autres. Elle connaît parfaitement le scénario de la tragédie familiale, pour en avoir caressé tous les contours au cours de sa jeune carrière. L'alcool, les coups, les violences en tout genre, elle connaît. Mais elle n'a jamais affronté, je crois, le gouffre de la claustration. Dans le fond de ses yeux bleus, je lis d'ailleurs qu'elle ne comprend pas comment on peut avoir vécu pendant dix ans dans une cave sans en avoir jamais parlé.

Je suis une énigme qu'elle s'efforce de résoudre, par crainte de ne plus pouvoir dormir pendant le reste de ses nuits.

Pourtant, je la vois qui balaie le vide d'un revers de la main. Ce geste, je le connais. Elle l'utilise lorsqu'elle estime que ce n'est pas très grave et que nous pouvons en rester là. Elle n'accorde pas beaucoup d'importance aux revendications de mes grands-parents. Mais elle fait son boulot qui consiste, entre autres, à tout me dire, à ne rien me cacher.

Je regarde mes mains lavées du sang de mon père, ces mêmes mains qui tiennent un croissant au beurre et un verre de jus d'orange, et je lâche mon flot de grossièretés, parce que j'aime la brutalité de certains mots et qu'elle ne peut rien y changer :

– Qu'ils aillent se faire foutre.

« Faites votre travail, moi j'ai fait le mien. Je suis sortie de la cave à présent. »

Voilà ce que je vous écris, monsieur le juge.

« Une cellule ? Mais une cellule n'est pas une cave, au moins, il y a une fenêtre. »

J'ai huit ans.

Les parents de maman viennent nous rendre visite. Cela fait trois ans que je ne les ai pas vus. Leur venue est capitale. Eux, ils vont tout voir. Nécessairement. Ils vont déceler dans mon regard une obscurité qu'ils ne connaissent pas, une ombre furtive qui crie ma douleur.

J'ai déjà compris que je ne dirai rien. Pour je ne sais quelle raison, j'ai saisi que je n'aurai jamais l'audace de parler. Peut-être pourrai-je leur faire lire, dans mes yeux fragiles, les pages et les pages que j'y ai écrites. Ils verront l'intensité de mon chagrin, poseront des questions, se lèveront pour inspecter la maison dans les moindres recoins. Ensuite, je tournerai mon visage vers eux, et mes yeux pivoteront en direction de la cave. Alors ils comprendront tout. Ils ont tellement aimé maman, tellement senti sa douleur qu'instantanément ils sentiront la mienne.

Ranimée par l'idée de ce moment qui ne manquera pas de se produire, je me compose un visage devant la glace. J'y mets tout ce que je peux de tristesse et de désespoir. Mon front est tendu. Je me prépare à garder les larmes au bord de mes yeux tout le long du déjeuner. Ils sont rouges et brillants. La pâleur de mon visage, qui ne connaît que l'obscurité de la cave, accentue leur éclat.

Il faut qu'ils perçoivent toute la peine qui habite mon

corps chaque jour un peu plus. Il faut qu'ils sentent quelle extraordinaire injustice je subis. S'ils ne le voient pas aujourd'hui, alors je ne dirai plus jamais rien, à personne. Je me contenterai de vivre comme on me commande de vivre.

Il faut qu'ils voient.

Je fixe à nouveau mes lèvres, je les serre car elles doivent cristalliser mon angoisse. Les traits tirés, les lèvres pincées, je suis parfaite pour montrer à pépé et à mémé à quel point je suis mal aimée.

J'ai pensé à tout !

Il ne faut pas que je me précipite vers la porte dès qu'ils auront sonné, car mon père et ma mère iront au-devant d'eux et je passerai inaperçue. Je sais que mon père monopolisera la conversation dès la première seconde. Je sais qu'il affichera fièrement son sourire équipé de dents blanches et parfaites. Maman, épouse soumise, dansera sur place avec un petit rire discret.

Elle joue tellement bien son rôle, ma mère. Il n'y a rien à dire quant à ses talents de comédienne. Depuis longtemps la flamme s'est éteinte. Une femme ne peut pas aimer éternellement un homme qui jouit à l'idée de la battre, mais elle, elle fait comme si. Elle joue avec détermination son rôle d'épouse amoureuse et épanouie. Elle le joue tellement bien qu'aujourd'hui encore j'en ai la nausée.

Je sais qu'elle ne l'aime plus.

Parfois, lorsque mon père tourne les talons sans un regard pour la chose qu'il a daigné épouser, je perçois dans les yeux de ma mère, dans le pli de ses lèvres et la crispation de ses mains, à quel point elle le hait. Tout en elle sonne le mépris. Tout en elle vomit les caresses et les mots doux que mon père choisit avec minutie. Ces mots presque tendres qu'il prend soin d'enrober de dureté pour qu'elle n'oublie jamais que l'amour ne surpasse jamais le mépris. Insensible à sa propre douleur, elle livre à son époux l'unique chose dont il a besoin pour vivre. Il aime sentir à quel point nous sommes dépendantes. Il aime nous tenir dans le creux de ses mains, tantôt nous caressant, tantôt nous frappant.

Elle le hait tout autant que moi je peux le haïr, mais elle n'aura jamais l'audace de se planter en face de lui, de lui rire son mépris au nez, de frapper la virilité de celui qui est devenu mon père. Je ne peux lui en vouloir et encore moins la juger, car, malgré moi, je sens que je prends le même chemin. Où est-elle, mon arrogance, celle qui me permettait de ne douter de rien ? Où sont mes poings sur mes hanches et mon regard de fière amazone ?

Il est doué, mon père : cette soumission insidieuse, je ne l'ai pas vue venir.

Je sais donc qu'il me faut patienter quelques minutes, afin qu'ils aient le temps d'entrer en scène et d'afficher leur bonheur faussement parfait, avant de faire mon entrée, resplendissante dans ma douleur. Je dois descendre les marches telle une diva qui éblouit dès le premier coup d'œil. La suite des événements en dépendra.

Il ne faut pas que je la rate, mon entrée : trembler et larmoyer. Pépé et mémé doivent être absolument convaincus que cette maison n'est que désolation.

Hélas, depuis le début de l'histoire, le destin est contre moi.

Il s'affiche tellement dans le camp opposé, que je me demande s'il ne veut pas que je me sacrifie moi-même. Chacune de mes tentatives est vouée à l'échec. Mon père, avec son arrogance d'homme riche, ne l'a-t-il pas payé pour être certain que jamais je ne parviendrais à prendre le dessus ? Peut-être, inspiré par Faust, a-t-il offert sa vie en contrepartie. D'ailleurs, je l'avais vu venir. J'avais senti que mes regards de Cosette ne pèseraient rien face à sa diabolique intelligence. Que puis-je, confrontée à la stratégie faite homme ?

J'ai malgré tout agi comme je l'avais prévu, jusqu'à ce

que je comprenne que la situation ne tournerait jamais à mon avantage.

J'ai attendu les embrassades et les éclats de voix. Les rires diffus, gênés, forcés de ma mère qui se doit d'être heureuse en n'importe quelle circonstance. Puis je suis descendue, triste, abattue, les épaules affaissées.

– Voilà ma princesse !

J'en eus le souffle coupé. Mes jambes se désarticulèrent l'espace de quelques secondes, tant je n'étais pas habituée à ce genre de bonté. C'était moi, la princesse, moi, celle qui vivait dans la cave et qui séchait chaque matin ses cheveux dans une serviette irrémédiablement humide, pour ne pas paraître trop sale aux yeux de ses camarades ? C'était moi, la princesse, celle qui n'avait droit à aucune vie, et qui méprisait déjà celle qu'elle était en train de devenir ? L'espace d'un instant je me suis demandé si je ne m'étais pas trompée de famille, mais l'étincelle que j'aperçus dans les yeux de mon père – l'étincelle de la méchanceté – me fit comprendre à quel point il était redoutable. Ses yeux étaient le seul livre dont je n'avais pas envie de tourner les pages.

Désarçonnée, je descendis les marches un peu plus vite, bien décidée en dépit de tout à ne pas laisser échapper l'occasion. Je mis dans mon regard toute la détermination dont j'étais capable, intimement persuadée que je possédais la force qui m'empêcherait de prendre le même chemin que ma mère. Il était impossible, inenvisageable, d'accepter de dire oui à tout, de me coucher un peu plus sous chacun des coups qui m'étaient destinés. Il m'était insupportable d'imaginer mon corps en train de plier, de me voir me pencher et baiser ses pieds : servante qui implore le pardon et la mansuétude de son maître, en attendant un hypothétique affranchissement.

Mais c'était sans compter la diabolique intelligence de mon père.

– Visitons un peu ma maison ! Cela fait longtemps que vous n'êtes pas venus ! Il y a eu beaucoup de changements et j'ai tout fait moi-même !

« Ma maison. » Évidemment.

Mon cœur bondit dans ma poitrine. Il lui sera impossible de ne pas passer par ma chambre. Même bourrée de meubles et de jeux, mes grands-parents ne pourront pas ne pas voir que je ne l'occupe plus depuis longtemps.

Je me réjouissais en imaginant la panique de mon père lorsque pépé et mémé me verraient effondrée sur mon lit et sanglotant : « Ma chambre ! Ma jolie chambre que je n'ai plus vue depuis si longtemps ! » Pépé et mémé, bouche ouverte, hurleraient au scandale et demanderaient des explications. Je savourais ma délivrance offerte sur un plateau d'argent. Je ressentais déjà dans mon corps la joie d'avoir été la plus forte.

Mais le destin que j'aime de moins en moins. Ce destin qui est le mien.

Papa arrive devant ma chambre.

Elle est déverrouillée, et ce simple fait m'alerte. Il a tout prévu. Je remarque une lueur dans le regard de ma mère : un recul de plus face à mon père. Une lâcheté de plus face à elle-même. Une lâcheté de plus sur son compte de mère passive et dépassée. Je ne suis plus à ça près. Pépé me tapote le dos : il est heureux de voir que l'on me donne tout le bonheur dû à sa petite-fille qu'il aime, tandis que moi, devant ces manifestations d'émoi familial, j'ose à peine avancer tant j'ai peur de voir la chambre que j'ai tellement aimée.

Maman m'adresse un regard ahuri et je comprends qu'elle n'était pas au courant des manigances de mon père. Quand et comment a-t-il mis tout cela au point ? Quand a-t-il changé les meubles et remplacé mes jouets par des jeux plus actuels convenant mieux à une petite fille d'aujourd'hui ? Quand diable a-t-il pris la peine d'aménager entièrement une pièce que personne n'habite ?

Je ne crie pas. Je ne hurle pas, anéantie par la mystification. Pépé et mémé sont tellement fiers de leur gendre qu'ils ne prêtent pas attention au silence et à l'immobilité de leur petite-fille devant ce qui est censé être sa chambre.

Une question me vient : pourquoi ?

Pourquoi ne me regardent-ils pas ?

La réponse n'est pas donnée à la petite fille que je suis alors. Par la suite, je comprendrai. Je baisserai les bras, écrasée par l'immensité de la tâche qu'il me reste à accomplir, et dans l'espoir qu'un jour il m'accordera le droit de dormir ailleurs que dans une cave.

La chambre est pleine de gadgets dont je n'ose pas rêver. À cette minute-là, ils sont à ma portée. Si j'osais, je pourrais m'en servir, là, tout de suite. M'emparer de mes jouets sous les yeux de mon père. Mais je sais qu'une fois que pépé et mémé seront partis, cette chambre virtuelle sera à nouveau condamnée : je n'aurais qu'à dire adieu aux jouets perfectionnés du XXIe siècle.

Mes yeux se posent sur un petit réveil rose et blanc. Puis j'avance prudemment et ma main effleure un bureau repeint en blanc laqué, couvert de cahiers *Totally Spies*, ma série préférée.

Il a pensé à tout.

Mon cœur saigne tant que mes yeux n'ont plus de larmes pour pleurer. Ils se rattraperont cette nuit. La nuit est faite pour pleurer. Elle recueille les larmes que mon père ne doit surtout pas soupçonner. Je comprime mon âme en regardant des cadeaux dont je rêve si souvent, je la laisse s'alourdir et se noyer. Il me faut cela pour tenir debout sur mes deux jambes, dans cette pièce magnifique qui n'est qu'un décor. Je me laisse envahir par la haine. Elle me dévore, me consume, brûle mon œsophage, monte à mes yeux. Je ne vois que mon père et son cou que je tranche.

– Quelle belle chambre, ma chérie ! Quelle chance tu as ! s'exclame ma grand-mère.

Que répondre, si ce n'est « oui » ?

D'une voix presque inaudible que mes grands-parents prennent pour l'expression d'une timidité charmante, je le prononce, ce petit « oui ». Il scelle mon destin. Un simple mot qui condamne et anéantit mon espérance. Mes yeux croisent ceux de mon père : il a gagné. Il le sait. Il savoure sa victoire en m'offrant deux pupilles noires dilatées de plaisir : celui de m'avoir devancée. Il savait avant moi que j'aurais l'idée de jouer les malheureuses, pour apitoyer pépé et mémé et les forcer à me sortir de cette prison.

Ses yeux brûlent mon âme et tout s'écroule en moi.

Je descends les marches, les yeux rivés sur les épaules des adultes qui se réjouissent à l'idée de manger. Ils feront bombance en s'asseyant sur mon malheur. Ils rempliront leur panse avec un gigot rosé à souhait dont je vomirai ma part, tout à l'heure. Ils boiront un vin aussi rouge que mon sang. Ils mangeront du pain blanc qui s'émiette comme ma peau.

C'est le repas d'une condamnée que je viens d'avaler, et nul ne le sait.

« J'ai eu faim toutes ces années. »
Voilà ce que je vous écris, monsieur le juge.
« Une faim de loup. Une faim d'amour à en crever. »

Maman est convoquée au tribunal, elle aussi. Il y a beaucoup de choses qu'elle doit vous expliquer. Elle prend le temps de venir me voir, quelques minutes, pour « parler ». Elle a peur de sa confrontation avec vous, monsieur le juge. Elle a peur de se confronter à la vie, elle a peur que tout s'achève là pour elle, et qu'il n'y ait plus d'espoir possible. Maman vit d'espoir, là où moi je vis de bataille. Mon avenir, je le construis maintenant, phrase après phrase, paragraphe après paragraphe. Maman reste passive et attend que vous pensiez pour elle.

Elle a frappé à la porte de la salle d'attente avec un petit « C'est moi ! » exaspérant.

Sandrine s'éloigne et quitte la pièce. Je ne sais si je dois me réjouir d'une telle discrétion. Je n'ai jamais eu envie de me retrouver seule avec ma mère, car je n'ai jamais rien eu à lui dire. Notre silence commun s'est installé depuis longtemps, et je ne vois pas quelle hache pourrait briser la mer gelée en nous. L'écriture n'est qu'à moi, et la parole ne me concerne plus, mis à part tout à l'heure quand il faudra faire l'effort de converser avec vous, monsieur le juge. S'il m'en prend l'envie.

Alors lui parler, à elle.

Lui parler, à elle qui ne m'a jamais parlé de mes nuits

froides dans une cave humide, qui n'a jamais évoqué mes membres transis et mes cheveux en carton. Que dire à une mère dont les lèvres ne sont qu'un bâillon, dont le bandeau s'est collé sur ses yeux ? Je n'ai pas de mode d'emploi pour tenir une conversation avec elle, et les « Salut, comment ça va ? » me laissent quelque peu rêveuse.

– Comment vas-tu ?

Voilà ce que je redoutais.

Les traditionnels préambules qui n'économisent ni le temps ni la salive. Les petites phrases d'introduction qui ne servent à rien, encore moins lorsqu'on s'adresse à quelqu'un qui vient de commettre un meurtre, à quelqu'un qui vient de tuer son père. Je pourrais lui dire que je me sens comme sur un petit nuage blanc et cotonneux : l'exacte représentation du paradis dans les films grand public. Je pourrais aussi lui dire que la vie ne m'a jamais semblé aussi douce, aussi légère, à moi qui viens de supprimer l'une des pires crapules qu'elle a dû porter. J'ai soulagé la vie d'un poids. J'ai un tas de répliques à son intention, et Dieu sait que cela fait des années qu'elles ne demandent qu'à sortir. J'ai quelques méchancetés sur le bout de la langue qui ont grandi avec moi, et qui n'en peuvent plus de composer avec ma gêne.

Comme vous le constaterez, monsieur le juge, je ne fais qu'écrire. Je n'ai pas dévasté son « cœur meurtri », je ne lui ai pas exposé ce que je hais chez elle.

Ma vie, la mienne, est devant moi. Quant à la sienne…

– Je vais on ne peut mieux…

Elle est venue avec son bavard, Me Carpentier, ou quelque chose comme cela. Dans la mesure où son patronyme est la dernière de mes préoccupations, je ne puis l'affirmer avec certitude. C'est qu'elle a besoin qu'on l'aide et qu'on la protège, elle aussi. De quoi, je ne le sais pas. Mais il est certain que l'aide et la protection ne sont pas des domaines où elle excelle. Elle n'est passée maître dans aucun domaine. Elle préfère déléguer, trop contente que j'exécute la tâche à sa place et qu'elle n'ait pas à se salir les mains.

Je l'invite à s'asseoir, méfiante, et je sens l'avocat qui me juge. Son regard froid et analytique se pose un instant sur moi. J'imagine le brillant plaidoyer qu'il fera en faveur de sa cliente, pour la disculper de ces années où elle a attendu patiemment que je me décide à égorger mon père. Ce n'est pas de sa faute si nous avons toutes les deux vécu avec un monstre. Ce n'est pas de sa faute si elle n'a pas su me protéger, et encore moins de sa faute si j'ai trop bien su me défendre. Dans ses yeux, je lis que c'est à moi de comprendre, et non l'inverse. C'est à moi de comprendre et d'excuser sa faiblesse. C'est à moi de pardonner, quand bien même ce sont mes mains qui se sont colorées de sang. Les actes me reviennent de droit.

Tant mieux, ce droit, je le revendique.

J'ai passé du temps, assise sur mon lit humide, à essayer de comprendre les mécanismes de sa pensée étriquée par des années de privation. J'ai disséqué tous les aspects de sa personnalité. J'ai fini par me rendre compte qu'une partie d'elle-même se réfugiait dans le confort du laisser-aller. Elle lavait le sol de la cave, comme n'importe quelle mère nettoie la chambre de son enfant. Elle rangeait mes affaires qui sentaient le moisi, comme une mère aimante repasse avec amour le linge de sa fille. Il y avait du naturel dans ses gestes et dans ses pensées torturées. C'est au fond ce qui me fait le plus mal : engluée dans son quotidien de bonne ménagère, elle ne semblait pas toujours choquée. Une lassitude immémoriale la poussait à laisser couler, et j'aurais aimé, parfois, la sentir me rejoindre dans mon lit, la nuit, pour partager le poids de cette cave qui écrasait chaque jour un peu plus mes épaules. J'aurais aimé qu'elle connaisse avec moi cette humidité qui faisait partie de ma vie, cette froideur qui s'installait durablement dans mon cœur. J'aurais voulu, simplement, qu'elle se penchât un peu plus sur ce qui fondait dorénavant mon existence.

Mais il n'est plus temps à présent. Mon existence, je la vis seule.

Au nom des souvenirs que je me suis moi-même créés, je la laisse prendre place auprès de moi. Je la laisse me parler, si c'est vraiment ce qu'elle désire. J'oublie autant que je le peux la présence de son bavard, parce que l'intimité de nos retrouvailles n'est pas vraiment au rendez-vous. Mais je ne suis plus à cela près : l'intimité, il n'y en a jamais eu.

Ses doigts s'emmêlent et ses yeux se perdent vers un horizon que je ne peux atteindre, celui de la culpabilité. Je souhaite trouver un peu de honte tout au fond d'elle, dans l'espoir que cela m'aidera à combattre le sentiment que j'ai vécu tout cela pour rien. Une petite voix dans ma tête me susurre que de toute façon j'ai vécu cela pour rien : nous ne sommes pas dans une pièce de Sophocle ou de Racine, où chaque élément est à sa place, guidé par l'implacable destin. Nous sommes dans la vie réelle où la littérature ne concurrence pas les actes d'un père obnubilé par ses fantasmes. Ce monde-là, je le palpe inlassablement chaque jour que Dieu fait. Je ne peux pas réécrire la fin si celle-ci ne me convient pas. Ce monde réel me trouve avec mon meurtre sur les bras, et je ne joue plus les sacrifiées.

Je suis ce que j'ai fait, je suis née quand j'ai tué.

Ce monde-là est sale avec ses hasards, son vilain espoir qui donne envie de se battre alors que la bataille est perdue d'avance. Peut-être aurais-je dû me laisser aller jusqu'à mourir, pour n'être rien d'autre qu'une sacrifiée, une victime de plus parmi les innombrables qui ont succombé sous les mains de leur parent. Mais j'ai détourné ma destinée, je me suis rebellée. Elle me le fait payer : je suis une meurtrière dont on dira qu'elle a hérité les défauts de son père. Les tares se transmettent de génération en génération, et l'on dira de moi, d'une voix à peine audible pour ne pas attiser ma colère, que la violence du père s'est infiltrée dans les veines de sa fille, et qu'après tout, il était logique que les choses se terminent ainsi.

Ah, nous y voilà ! Mon destin était-il d'être une criminelle ?

Si c'est un crime de tuer celui qui nous empêche de vivre, alors oui, je suis une criminelle.

Je ne pose pas la question à maman.

L'avocat ne voudra pas qu'elle réponde à ces interrogations qui sentent le piège à plein nez. Je sais que, si elle avait le droit de répondre, elle se noierait dans un flot de confusion. Les yeux rougis par les larmes, elle appellerait à la rescousse son statut si peu enviable de victime. La vie est ainsi faite que les rôles distribués sont immuables et jamais interchangeables. Certains se complaisent dans le rôle de la victime et ne se lassent pas de le jouer toute leur vie, quitte à passer à côté des rôles qui s'offraient à eux et qui auraient radicalement changé leur existence. Maman ne fait pas partie de ceux dont la vie changera grâce au pouvoir de leurs actes.

Maman ne fait donc pas partie de mon monde.

Les silences ont trop longtemps duré et cela devient pesant. Elle n'a rien à me dire, ni en présence, ni hors de la présence de son avocat, alors je lui demande de prendre congé de moi car j'estime que la comédie a assez duré. À quelques heures de mon rendez-vous avec vous, monsieur le juge, qui marchez main dans la main avec mon destin, je ne peux plus m'alourdir d'elle et de sa servitude.

Je dis donc : « Adieu. » Adieu est le seul mot que je me sens capable de prononcer.

« Je ne suis pas une fille, monsieur le juge. »
Voilà ce que je vous écris.
« Pour être une fille, il faut avoir une mère. »

J'ai neuf ans.

Il est minuit et quart. Je n'entends pas un bruit dans la maison et le temps passe lentement. Je suis au lit depuis huit heures et le tic-tac du réveil égrène les minutes qu'il me reste avant de sombrer dans la folie. Un réveil au « dring ! » immonde qui me propulse chaque matin dans l'enfance de ma mère, ou dans celle de ma grand-mère. Un petit réveil blanc avec des aiguilles noires et une trotteuse rouge. Une vieillerie moche et inutile que j'aurais balancée contre le mur, si je n'avais pas à ce point eu peur que mon père me balançât son poing dans la figure.

Il est minuit trente. J'arme mon courage.

Cette nuit, j'ai beaucoup de mal à respirer. L'air est saturé d'humidité et de moisissure. J'ose à peine regarder du côté du sac de pommes de terre qui me semble contaminé. Une odeur âcre s'en échappe et je peux la sentir du fond de mon lit. L'odeur entêtante de la mort et de la décomposition. Elle me ramène à mon corps qui va mourir, s'éteindre, s'étioler, à la barbe de tant de gens qui imaginent que le bonheur est tapi derrière la façade d'une belle maison. Elle est si belle, notre façade rose.

Le portail et les barreaux blancs, repeints de frais, laissent tout juste deviner un soupirail au ras du sol. S'ils savaient, ces passants émus par tant de beauté et de simplicité, que cette ouverture donne sur l'antre humide où vit une petite fille. S'ils se doutaient, ces passants ignobles attendris par le mélange de rusticité et de modernité, qu'elle n'est jamais éclairée, et que ma peau se meurt de ne jamais connaître l'aube.

Il est minuit trente-cinq.

Mes jambes s'agitent, je ne vais plus tenir très longtemps. Tout mon corps fourmille. À présent, l'envie de respirer autre chose que la sueur âcre des murs me pousse à la rébellion. Il fourmille de l'envie de me rendre justice, enfin, malgré ma maigreur et mes bras de porcelaine, du désir de vaincre le corps bodybuildé de mon père et son culte pour le sport. Combien de temps pourrai-je tenir si jamais il se réveille avant que je ne mette mon plan à exécution ?

Car j'ai décidé de m'endormir dans ma vraie chambre de petite fille. Je souris à l'idée que mon père ne se doutera de rien. Évidemment, j'ai en tête de partir avant l'aurore pour ne pas éveiller les soupçons. Il serait dommage de commettre un impair qui me priverait du plaisir de me foutre un peu de la poire de mon père.

J'ai réfléchi à la manière de procéder. J'ai bien rodé mon plan.

Pas question de défoncer la porte à coups de pied pour reprendre possession de ma chambre, qui est à moi. Je me demande si je serais une bonne crocheteuse de serrure, et je me prépare à jouer les hors-la-loi avec les barrettes que maman m'a offertes. Parce que de temps en temps elle m'offre quelques petits cadeaux pour alléger le poids de ma vie et me donner l'illusion que je suis comme toutes les autres : une magnifique petite fille. Aimée. Choyée.

Mais la vérité est que je suis maigre et pâle à faire peur.

La vérité est que j'ai des cernes violets sous les yeux et que je ressemble à Mercredi dans *La Famille Adams*.

La vérité est que la maîtresse me regarde d'un air louche et n'ose ni m'approcher, ni me caresser les cheveux, parce qu'une odeur indéfinissable s'est infiltrée dans ma peau, et qu'elle a l'impression d'être à l'hospice en compagnie de sa mémère. Je sens la mort.

Il est minuit quarante.

Je pose un pied à terre et j'entends du bruit. Je me ravise un instant, car je connais les habitudes de mon père. Son pas est lourd sur le parquet et il sifflote quand il pisse, ce qui provoque en moi une rage que je ne parviens pas toujours à contrôler. J'attends quelques minutes encore car je sais qu'il se dirige vers la cuisine pour boire son verre de lait, un comportement enfantin qui me donnerait envie de rire si je n'avais pas en tête que je suis enfermée dans une cave. Je calme l'impatience de mes jambes. Je vais devoir attendre qu'il se rendorme, pour éviter de l'éveiller avec le bruit de mes pas sur le parquet.

Une chose m'étonne. C'est la facilité avec laquelle je me suis accommodée de cette vie. Assise sur mon lit à attendre qu'il se rendorme, je réalise que la porte de la cave est ouverte, et qu'elle l'a toujours été. Il n'a jamais songé à la fermer à clef et, à ma grande stupeur, je n'ai jamais songé à la pousser, cette porte ouverte, pour aller courir dehors en poussant des cris de démente.

J'ai accepté. J'ai tout bonnement accepté.

Pire. Au fond de moi, je sens que je n'ai aucune envie de hurler « Au secours » dans la rue noire et glaciale, j'ai juste envie de rejoindre ma chambre, parce que c'est *ma* chambre. Je n'ai pas envie de changer de vie, je veux juste avoir ma vie : celle dans laquelle mes parents m'aimeraient plus que tout, celle dans laquelle ils seraient prêts à tout sacrifier pour moi. Je veux des copines qui jouent avec moi à l'école, et qui ne me disent pas que je sens le renfermé. Je veux la vie que l'on est en droit d'exiger lorsqu'on a neuf ans et une existence à découvrir qu'on n'a pas encore dessinée pour vous.

Une heure du matin.

Tous les champs du possible s'offrent à moi.

Je n'entends plus aucun bruit dans la maison et je me dis qu'il est temps de passer à l'action. J'enfile une paire de chaussettes et je monte les marches de l'escalier poisseux que maman a pourtant lessivé. J'ouvre la porte de ma cave avec une extraordinaire facilité – cela me fascine toujours autant –, puis je me prépare à affronter les cris du parquet. Ce sol stupide qui hurle sous mes pieds. C'est l'étape la plus difficile de mon plan, car ce sol qui couine sous chacun de mes pas semble être l'alarme installée par mon père spécialement à mon intention. Il me faut jouer les danseuses étoiles et voler au-dessus du parquet, grâce à mon poids plume, je dois être une ombre parmi les ombres. Je suis un ange tombé du ciel qui s'arrête juste avant de s'écraser au sol, ses ailes affreusement pliées sous le choc de la chute. Les anges ne se font pas avoir par un sol qui se permet de faire des siennes.

Les anges avancent prudemment mais sûrement.

La peur au ventre, j'avance à pas de loup. Mon souffle s'échappe un instant de mon corps lorsque je passe devant la chambre de mes parents. J'ai peur de ses yeux qui ne seraient pas tout à fait fermés, et qui, fixés sur la porte au mauvais moment, happeraient mon ombre qui aurait choisi cet instant pour se mouvoir. Alors je me pince les lèvres et mon sang tambourine contre mes tempes brûlantes de fièvre. J'ai très froid, un froid intérieur qui me parcourt depuis si longtemps que je n'y prête plus la moindre attention. Je grelotte uniquement à cause de mes cheveux et de mes chaussettes mouillés. Mes poumons semblent se réduire en fumée.

Les étapes que je juge cruciales sont derrière moi : j'ai vaincu le parquet couineur, et l'ombre mouvante qui monte la garde devant la chambre de mes parents. Je peux avancer vers ce qui m'appartient l'esprit plus serein. Je prends quelques secondes pour savourer cet instant. J'observe la porte close sur l'univers de la petite fille qui me réclame, et je me recueille pour ne pas gâcher le moment le plus important de ma vie.

Enfin, je sors l'épingle à cheveux que maman m'a offerte, ignorant les intentions criminelles qui se dessinaient dans mes yeux brillants de désir. Le cœur battant, je tente de me souvenir comment font les héroïnes dans les films. Mes préférées y arrivent en moins de trente secondes et il n'est pas question que ma vie soit pitoyable au point de ne pas avoir droit à une minute d'héroïsme.

À l'aveugle, je glisse mon épingle dans une serrure qui n'a pas l'intention de céder, à ce que je peux en juger, étant donné le degré de difficulté à trouver un millimètre d'espace dans lequel m'infiltrer. Je ne suis pas une héroïne, mais cela je le savais déjà. Je force encore un peu, je tente de maîtriser mon souffle court et mes doigts qui tremblent comme ceux d'une vieille dame atteinte par la maladie de Parkinson. Il faudrait que je maîtrise mon corps si je veux arriver à quelque chose. Je n'ai jamais autant tremblé de toute ma courte vie, pas même de froid au fond de ma cave humide.

La peur s'infiltre dans chaque partie de mon corps. La peur s'infiltre car je comprends que je n'y arrive pas. Je force encore et encore, je tords mon épingle dans tous les sens pour faire plier cette garce de serrure qui me sépare de mon paradis. J'y mets tout mon cœur et toute mon âme. Je croyais que lorsqu'on était à ce point impliqué dans nos actes, le destin y mettait obligatoirement un peu du sien. J'aurais espéré qu'il voie toute ma rage de vaincre, et que, déstabilisé par ma force et par mon courage, il en oublie le pacte faustien qu'il a passé avec mon père pour m'aider, moi !

Confronté à tant d'impuissance, mon ventre est secoué de spasmes, ma gorge laisse filtrer des couinements et des gémissements : je ne vais pas tarder à pleurer. Je suis en train de faire un boucan d'enfer, je le sais pourtant, je passe de moins en moins inaperçue. Je devrais abdiquer car mon père a la réputation de ne dormir que d'une oreille. Mais c'est *ma* chambre et je n'y renoncerai jamais.

Je la veux, elle est à moi, et même au cœur de tant de haine et de peur mêlées, je n'arrive pas à m'imaginer retournant dans ma cave puante, parfaitement consentante.

« Vaincre ou mourir ! »

C'est ce que vocifère mon père en tapant du poing sur la table, lorsqu'il a trop forcé sur sa bouteille de whisky frelaté.

« Vaincre ou mourir ! »

Je risque de prendre la raclée de ma vie, et peut-être pire si j'ose ouvrir les yeux sur l'imagination abyssale de mon père. Mais mes pieds restent cloués au sol. Je ne peux plus reculer. Il est simplement trop tard pour cela. Le retour en arrière n'est plus possible, et je vais devoir assumer tout ce qui va se passer.

La porte s'est ouverte brutalement, et c'est plus fort que moi, je me mets à hurler. Je hurle si fort que mon père accélère le pas, pour me bâillonner, probablement. Je hurle encore et encore, je tambourine contre la porte de ma chambre, pour la forcer à s'ouvrir par la simple force de mes poignets. Je frappe et je frappe encore. Je hurle tant que je ne sens pas tout de suite mes larmes couler. Il ne lui faut que quelques secondes pour être sur moi.

Je sais que tout est fini.

– Qu'est-ce que tu croyais faire, ma petite salope ? Tu me réveilles au milieu de la nuit rien que pour ça ?

Seuls mes cris étouffés lui répondent.

Ma peur est si intense qu'il m'est impossible de crier. J'ai le temps d'apercevoir ma mère qui sort à son tour de leur chambre, les cheveux en bataille maladroitement noués et l'air mal réveillé. Je m'aperçois qu'elle ne réalise pas ce qui est en train de se passer. Elle n'a rien compris, ma mère ! Sa fille hurle, mais, depuis longtemps, son instinct maternel n'est plus suffisant pour la sortir de cette éternelle torpeur dans laquelle elle se meut.

Ma tête part en arrière.

J'ai mal au niveau de la nuque tout à coup. Il m'a saisie par les cheveux. Mes racines s'arrachent ; c'est comme s'il me relâchait et se retrouvait avec mon scalp au milieu de sa paume.

Pas un mot n'est échangé, rien que des sons rauques et des grognements de bêtes sauvages. Il n'y a rien à espérer, rien à raisonner. Alors je deviens molle, comme un poisson qui n'en peut plus de frétiller hors de l'eau et qui se laisse mourir car il en a assez de chercher à respirer. Mon corps est à sa merci : il va simplement me ramener là où je dois être, dans la cave.

Les conséquences.

Elles me cognent comme un uppercut en pleine mâchoire : cette fois-ci, je ne vais pas m'en sortir. Mon père me balance sur mon lit puis il se dirige au fond de la pièce, vers le meuble gris qui a toujours été verrouillé. Il l'ouvre avec une clef qu'il porte apparemment toujours sur lui. Dort-il avec elle ? Il en sort deux longues chaînes que je connais, puisque c'est celles qu'il utilise pour attacher nos vélos ensemble.

À présent, ma situation va gravement empirer.

Sans un mot, papa me saisit par les pieds et me force à me coucher. Je ne cherche pas à résister. Mon instinct me dit qu'à ce stade, il me faut plier. Je ferme les yeux pour ne pas le voir faire, et j'entends les cliquetis des chaînes qui s'enroulent autour de moi comme des serpents froids et visqueux. Un grincement de l'escalier me fait comprendre que maman regarde la scène, mais de loin. Elle n'a pas le courage de nous rejoindre. Je vois apparaître dans ses yeux la résignation de la femme qui accepte avec ferveur la cruauté du destin. Je vais moins faire la fière à présent ! Je vais rentrer dans le rang, rejoindre le club, son club, celui du sexe faible qui se résigne, sans révolte et sans fierté.

La vie est comme elle est. Cela ne sert à rien de vouloir la changer.

J'ai mal aux bras et aux jambes mais je préfère taire ma douleur. Un mot suffirait pour que mon père entre entièrement dans la fureur qui le guette. Muette, je l'observe qui remonte les marches et, comme je le redoutais, une fois de l'autre côté de la porte, j'entends le bruit caractéristique de la serrure que l'on ferme à double tour.

Me voilà prisonnière.

Je ne sais pas si j'ai froid ou si j'ai chaud. À cet instant, je n'arrive pas à analyser la somme de mes sensations. Diffuses, immenses. Je ne sais plus ce qui me domine. Je sais que j'ai peur, et que ma peur n'est pas près de me quitter. Elle investit mon corps. Elle s'y love avec un plaisir non dissimulé. Je suis un habitat formidable.

Je décide de ne plus fermer les yeux, car chaque fois que je les ferme je vois le visage de ma mère, en haut de l'escalier, qui me regarde. Je vois ses yeux qui ignorent l'indignation. Je suis soumise à son regard de mère trop fatiguée pour être éplorée. Et cette soumission-là est bien plus violente que celle imposée par mon père.

Ce regard qui n'exprime rien de la douleur que j'attendais, il me fait bien plus mal que les chaînes qui enserrent solidement mon corps.

Un immense bloc de haine m'habille.

Je n'ai plus mal aux jointures parce que la haine me tient chaud.

Ce qui est monstrueux est normal.

Pour mes yeux habitués à la grisaille d'une cave humide. Je vais vivre avec ma haine qui me tient chaud toutes les nuits, et qui m'empêchera de tomber devant mes camarades pendant la journée.

Ce qui est monstrueux est normal.

On s'habitue à tout, dignes humains que nous sommes.

Père, très cher père, je vais te haïr en secret, toujours très bas, de manière à ce que tu le remarques à peine. Mais tu le remarqueras. Tu verras le bloc de haine s'évaporer de mon front et parvenir jusqu'à toi.

Mes prunelles brûleront tes poings lorsque tu m'enchaîneras chaque soir. Car il va falloir que tu m'attaches toutes les nuits, si tu ne veux pas que je réitère. Si tu veux dormir, il va falloir que tu t'assures que je suis inoffensive.

Ce qui est monstrueux est normal.

Voilà ce que je vous écris encore, monsieur le juge, pour que vous compreniez à qui vous avez affaire : à cette gamine qui fait partie de moi et qui s'est tue pendant plus de dix ans.

« Ce qui est monstrueux est normal, monsieur le juge. La monstruosité est la norme même. D'une banalité affligeante. »

Je me souviens du lendemain.

Le réveil a sonné à sept heures. J'ai simplement pensé qu'étant donné la position dans laquelle je me trouvais, il allait être très difficile de me préparer. En attendant un hypothétique sauvetage, j'ai essayé d'imaginer une façon de camoufler les traces violacées sur mes poignets.

Quelques semaines auparavant, à l'école, une camarade de classe – c'est le seul terme dont j'ai toujours usé car en aucun cas il ne s'agissait d'amie – avait tenté de se suicider. Elle l'avait joué façon mare de sang sur la table, en utilisant ses ciseaux d'écolière qui, soit dit en passant, sont censés ne pas devoir trancher net la peau d'une gamine de dix ans.

Je me souviens m'être dit : « Tiens, je ne suis pas la seule anormale de la classe, pour une fois, les regards ne se tourneront pas vers moi ! » Elle avait été d'une telle discrétion que nous ne l'avons pas remarquée tout de suite. Mais en entendant le « oh » stupéfait, outré, indigné et apeuré de l'instit, nous nous retournâmes vers l'objet de ses convulsions. Léna avait posé sa tête contre la table, et ses bras dépassaient, rouges de son sang qui gouttait sur le sol.

Il fallut quelques secondes avant que nous réagissions. Léna avait fermé les yeux et sa peau avait pris une drôle de teinte blanche. Sur le coup, je n'ai absolument pas pensé qu'il fallait lui sauver la vie. Je n'ai pensé qu'à une seule chose : c'était elle, l'objet de tous ces regards effarés, et non moi. Je passais inaperçue et il n'y avait d'yeux que pour le geste atroce qu'elle venait de commettre.

C'était son geste, et non le mien.

Aujourd'hui, je savais que mes yeux livides et mes poignets violets attireraient tous les regards. On me dévisagerait, on chercherait à comprendre dans quelle crypte je pouvais habiter, en compagnie d'autres gnomes de mon espèce, noirs de cernes et à la peau si blanche qu'elle semble prête à se dissoudre. À une époque, j'ai songé à surfer sur ce côté vampire-sorti-tout-droit-de-vos-ténèbres, pour me bâtir une réputation que j'aurais au moins choisie. Il n'y avait plus que cela à faire pour prétendre à une existence. Je pensais que mon droit à exister devait passer par la composition d'un personnage : Druzilla, la jeune vampire taciturne. Mais je ne suis pas adepte de ce genre de supercherie existentielle, et, surtout, je n'avais pas envie de mener à terme un tel projet.

Je me suis souvenue à temps que, pour tout le monde, j'étais issue d'un milieu relativement aisé, que ma mère était une femme au foyer et mon père un cadre qui gagnait bien sa vie. Beau garçon qui plus est. Le genre d'homme au sourire ravageur à qui tout réussit : un mari merveilleux qui couvrait sa femme de bijoux grand luxe, un bon père, autoritaire quand il le fallait, mais câlin et toujours prêt à « communiquer ». Il aurait été difficile de faire croire à mon personnage de cas social patibulaire. Si j'avais eu la conviction que ce genre de mise en scène eût pu faire du tort à mon père, j'aurais foncé tête baissée, histoire de lui démontrer que j'étais de la mauvaise graine, moi aussi. Tout comme lui. Le fruit ne tombe jamais loin de l'arbre, à ce qu'il paraît. J'aurais ainsi eu l'occasion de lui démontrer que sa racine mauvaise pouvait se retourner contre lui.

J'en étais là de mes pensées lorsque la porte de la cave s'ouvrit enfin.

Mon père descendit, le visage illuminé, comme si sa colère de la veille n'avait jamais eu lieu. J'en fus si décontenancée que j'en oubliai de lui sortir ma plus mauvaise tête. Il avança vers mon lit d'un air guilleret qui me semblait une autre forme de torture. Arrivé devant moi, il passa une main dans mes cheveux. À ce contact, ma vessie fit un bond et faillit se liquéfier sur mes draps. Mon corps entier tremblait à l'idée que cette main pouvait encore me caresser. Je ne comprenais rien, la faiblesse montait en moi, faisait fondre ma haine. Je m'étais pourtant promis de ne jamais faillir, d'être forte face à ce grand spectre qui me fixait, mais déjà l'amour de cette caresse autrefois tant désirée me regagnait.

– Il faut que tu sois sage à présent, ma douce.

Lentement, il défit mes chaînes.

Il les défit avec une telle douceur que j'eus envie de pleurer. Des années plus tard, j'ai envie de rire en le revoyant accomplir cet acte. Aujourd'hui, je conçois son pouvoir de manipulation, sa connaissance parfaite des gestes qui dansent en accord avec ses mots. Mais ce jour-là, j'avais neuf ans, et je fus simplement subjuguée par cet élan de tendresse. Je fus submergée par l'espoir à peine dicible que peut-être cette cave ne serait plus la mienne.

– Je serai sage, oui.

Je n'avais pas la moindre idée de ce que cette phrase impliquait. J'ignorais qu'il m'avait acculée pour que j'accepte de la prononcer.

– Bien ! Prépare-toi, ma chérie, et monte nous rejoindre, maman t'a fait ton petit déjeuner.

Au fond, je crois que je savais que je ne devais pas me faire d'illusions, je savais que la cave serait toujours pour moi. La cave serait ma demeure, jusqu'à ce qu'un autre événement de la vie, lointain, improbable, vienne bousculer l'ordre établi et fasse s'effondrer l'échafaudage que mon père avait élevé.

Je pris soin de cacher la laideur de mes poignets, qui avaient passé toute la nuit enserrés dans un étau qui me brisait. Maman avait effectivement préparé le petit déjeuner. Dans ses yeux, je lisais un éternel recommencement.

Du côté de la table de mon père, il y avait de la bonne humeur dans l'air. La bonne humeur forcée qui sentait le jeu d'acteur pour rassurer la fifille. Une bonne humeur qui sentait l'éclat de rire comme un millier de petits éclats de verre, droit sur mon âme. Je me laissai gagner malgré moi par l'humeur de ce matin qui se voulait enjouée. Papa avait conscience qu'il ne fallait pas m'envoyer à l'école avec un air dévasté. Il me fallait une petite dose de bonheur pour tenir le cap de la journée, face à l'institutrice au regard affûté. Mon père savait y faire pour donner l'illusion du bonheur, il n'y avait qu'à regarder ma mère.

Du côté de la table de ma mère, il y avait l'air maussade d'un quotidien auquel on souhaiterait échapper. Il y avait maman et son rictus figé, le pli des lèvres écartées en un cri de douleur étouffé. Il y avait l'expression d'une souffrance à jamais camouflée, à ceci près, et maman le sentait, que moi je les connaissais, ces regards de paumée et cette bouche charnue qui tombe vers le bas. La moitié du visage affaissé. Le désir d'être déjà dans la tombe.

Ce côté-là de la table ne me donnait pas envie de vivre. Ce côté-là de la table me donnait simplement envie de redescendre dans ma cave pour me pendre avec les chaînes que papa avait négligemment laissées sur le lit. Alors, sans que je le veuille vraiment, sans que je m'en rende compte, mon regard se tourna vers l'autre côté de la table, celui où le visage de mon père souriait. D'un sourire faux, certes, mais il souriait, et mon âme en cet instant n'avait besoin que de ce sourire-là pour continuer à vivre.

J'abandonnai maman dans son coin, et ce n'était que justice après tout, car elle aussi, depuis longtemps, m'avait abandonnée.

« Son sourire effaçait la douleur de mes chaînes. »
Voilà ce que je vous écris, monsieur le juge.
« Son sourire me rendait une vie qu'il avait pourtant lui-même volée. »

J'ai dix ans.

Je suis assise sur un banc dans la cour de récréation, et j'observe mes camarades qui jouent sans moi.

Je suis comme un passant qui fait s'envoler les pigeons. Dès que je m'approche un peu trop d'eux, les voilà tous qui s'envolent vers d'autres cieux, ils courent à l'opposé de moi, au fond de la cour où se mêlent toboggans, tapeculs et tourniquets. Il me semblait que ma claustration ne devait s'exercer que dans ma maison, mais la vérité est qu'elle me poursuit à l'extérieur et détruit toute possibilité d'échange. Il n'y a rien pour moi à part des sourires moqueurs et des rires d'incompréhension.

Je suis assise sur ce banc et j'attends que la récréation se termine enfin. Non que je sois mieux à l'intérieur, dans la salle de classe, mais la disposition des lieux me permet au moins de ne pas me sentir trop éloignée, même si la plupart de mes camarades ne veulent pas travailler avec moi. Il n'y a guère que Louise, qui a des joues énormes parce qu'elle a survécu à une leucémie et que la cortisone s'est amusée à la transformer en hamster, pour avoir envie de profiter de ma compagnie. Il n'y a qu'elle pour s'asseoir fièrement à côté de moi, avec un sourire ravageur qui fait ressortir le ballon de ses joues.

Son cheveu est rare. Il commence à peine à repousser.

Des petites pointes brunes assombrissent à nouveau le sommet de son crâne. Son front dégarni adoucit un peu la rondeur omniprésente de ses joues, et je ne vois que sa façon adorable de mordiller le bout de son crayon lorsqu'elle n'arrive pas à résoudre la multiplication que la maîtresse nous a donnée en exercice. Elle lève les yeux au ciel d'un air boudeur, et moi je fonds à en oublier ma cave et mes cheveux toujours humides. Que vaut la douleur de mes poignets violets comparée à son sang qui s'est révolté contre elle ? J'ose me dire qu'il y a pire que ma situation parce qu'elle a failli mourir d'un œdème sur un lit d'hôpital : j'en oublierais presque que cela fait six mois que je dors chaque nuit le corps enchaîné à mon lit.

L'espace de quelques secondes, je trouve mon sort enviable par rapport au sien et aux mois entiers qu'elle a vécus enfermée dans une chambre stérile sans pouvoir en sortir. Mais cette impression ne dure pas. Je n'oublie pas que cela fait maintenant trois ans que je repose toutes les nuits mon corps dans une cave froide. Trois ans que je côtoie ici des gens qui ignorent ce que c'est, un papa qui vous sourit tout en vous attachant à votre lit, un papa qui vous appelle « ma douce » alors que parfois il vous retourne une claque, parce qu'il estime que votre regard est trop éloquent.

J'ai fini par me dire que nous sommes deux petites éclopées de la vie, et que nos camarades rejettent autant l'enfant malade que l'enfant lunaire parce qu'ils jalousent l'étrange gravité qui est la nôtre.

Nous sommes des enfants graves et peu souriantes.

Nous sommes des enfants sérieuses trop occupées à domestiquer les humeurs d'une vie brutale qui ne nous épargne pas.

Nous n'avons pas le temps de jouer avec des enfants au sourire inné.

Nous n'avons pas le temps de nous attrister à l'idée que les enfants de notre âge ne nous supportent pas.

Nous n'avons pas le temps de pleurer ce que nous avons perdu.

Nous avons mieux à faire.

Nous nous contentons de vivre à deux, puisque les autres l'ont décidé pour nous.

Nous nous contentons du peu de douceur que nous sommes capables de nous procurer, et cela nous satisfait, d'autant qu'un dessin ou un simple mot suffisent pour susciter la complicité.

Ce jour-là, la maîtresse nous demande d'écrire dix lignes sur ce que nous aimons faire dans notre chambre. Me voilà bien embêtée. J'imagine quelques instants ce que cela pourrait donner, une rédaction sur ma cave grise, quelques lignes sur l'humidité qui pénètre mes draps et laisse mes cheveux toujours gras. Je vois bien Mlle C. lire mon joli petit paragraphe en savourant une tasse de café qui lui tombera bientôt des mains. Une partie de moi a envie de truffer ce récit d'un tas de mots meurtriers à l'égard de mon père et de la pièce qu'il a choisie pour moi. Une petite voix maligne me murmure que là s'arrêterait le chemin, parce qu'à n'en pas douter, Mlle C. ne pourrait pas garder ce texte pour elle et s'empresserait de le faire lire au directeur. On me poserait plein de questions, et les larmes aux yeux je cracherais le morceau, je raconterais les trois dernières années. Je dirais tout dans le moindre détail.

Je parlerais jusqu'à plus soif.

Mais une autre petite voix, plus insidieuse, plus vicieuse et plus profonde, me chuchote que jamais je ne le ferai. Il me manque l'audace, la force de frappe, et l'ombre de cette seconde petite voix anéantit mes espoirs. Je sais que je ne le ferai pas, même si j'ai déjà le texte dans ma tête, jamais il ne s'échappera pour se coucher sur du papier. C'est un souhait irréalisable. Pourtant ma lassitude était si forte que j'ai été à deux doigts de saisir mon crayon à papier pour tuer mon père à coups de mots rageurs.

Mais je ne le fais pas.

Louise me contemple et je sens qu'elle a deviné mon désarroi. Elle a perçu ma perplexité, et, sans prononcer la moindre parole, elle prend mon crayon pour écrire quelques mots dans mon cahier de brouillon.

La chambre de ma sœur.
Orange et jaune.
Une étagère avec quatre livres qu'elle aime bien lire.
Sur la porte, elle a écrit : interdit d'entrer.

Louise m'offre une porte de sortie.

Elle sait.

Sans m'avoir jamais rien demandé, elle sait que je n'aurai jamais les moyens de décrire une chambre que je ne possède plus depuis longtemps. Elle sait que je vais me retrouver bête avec mon crayon à papier, à me creuser la tête pour savoir ce que je pourrais bien écrire, hormis un bloc de haine que je me sens incapable de retranscrire.

Ainsi je vis dans la chambre de sa sœur, où la bibliothèque possède quatre livres qui ne seront pas du goût de ma maîtresse parce que les autres ne les auront pas lus : *Dagon*, *Stupeur et tremblements*, *Les Regrets*, *Le Bateau ivre*. Quatre livres qui remplacent admirablement une télé que je ne posséderai jamais.

Je tends ma minirédaction à l'institutrice contente de me voir travailler, malgré le peu d'ardeur que je mets à sourire et à m'amuser.

« Le conditionnement … »
Voilà ce que je vous écris encore, monsieur le juge.
« Le conditionnement… »

Je suis toujours assise dans la salle d'attente, et j'attends.

J'attends votre bon vouloir, monsieur le juge, j'attends mon tour, et les heures passent comme des siècles. Nous avions rendez-vous à huit heures du matin, mais je constate qu'il est déjà midi et demi.

On frappe à la porte et j'imagine qu'un ange va venir me chercher ne serait-ce que pour m'emmener déjeuner.

– On va se faire un McDo ?

Sandrine est entrée toute souriante et je n'aime pas cette humeur faussement joyeuse qui tend à me faire croire que la vie est belle malgré tout. La vie n'est pas belle. Elle a croisé les bras, fort et serrés, pour éviter d'avoir à m'offrir quoi que ce soit. Mais j'ai faim, alors j'accepte sa nourriture bon marché, celle que maman a toujours refusée chez nous, et que je m'offrais en douce lorsque j'arrivais à me faire un peu d'argent en échange d'un devoir rédigé sur commande.

C'est un autre pan de ma vie dont je n'ai pas encore parlé ; ma propension à travailler dans l'ombre des autres pour acquérir l'argent de poche qu'on ne m'a jamais donné. Je préférais les rédactions car je suis douée en français, et les élèves – qui ne m'aimaient pas mais reconnaissaient mes compétences – me le rendaient plutôt bien. Écrire la vie des autres lorsque soi-même on n'en a pas. Quoi de plus passionnant ?

Sandrine m'emmène manger un hamburger et boire un Coca light à l'extérieur, en attendant que vous ayez jugé les autres criminels de votre journée. Sandrine n'a pas l'air affecté par ce contretemps qui me sort de ma cave pour m'enfermer dans une salle d'attente.

– Tu comprends, c'est toujours comme ça ici, me fait-elle remarquer. On a rendez-vous à huit heures et on passe à vingt. Il faut savoir s'armer de patience.

Ce n'est pas très difficile pour une jeune fille de dix-sept ans qui en a passé dix à vivre dans une cave. Je peux bien patienter quelques heures de plus avant de rencontrer le Messie. Et puis il y a l'écriture, et cela tient chaud. Les heures s'écoulent avec une infinie lenteur, mais mon cahier à spirale et mon stylo Bic me réconfortent et ne sont pas près de me lâcher.

L'abandon, je connais. Mais pas l'abandon de l'écriture.

Sandrine est désorientée par mon silence. Elle bouge sur sa chaise, de droite à gauche, comme les pendules anciennes que l'on trouve chez les vieux et que j'avais remarquées chez pépé et mémé. Tic-tac tic-tac, signe évident que le destin avance lentement, mais sûrement. Sandrine se balance d'une fesse sur l'autre en se demandant ce qu'elle pourrait me dire pour apaiser l'atmosphère.

– Elles ne sont pas trop salées, tes frites ?

Je devrais écarquiller les yeux devant l'indigence d'une telle conversation, mais je lui sais gré d'être aussi décontractée, car, après tout, oui, les frites sont trop salées. Alors j'engloutis du Coca light pour ponctuer mes prochaines heures d'écriture par des pauses pipi.

– En veux-tu beaucoup à ta mère ?

Elle me prend de court. Je l'imaginais entretenant une conversation légère durant tout le déjeuner, afin de conserver cette atmosphère qu'elle avait réussi à créer. Elle me détend, puis me braque à nouveau.

Je ne sais que répondre.

J'ai depuis longtemps cessé de regarder maman comme ma mère, pour ne la voir que comme une femme. Et pas la meilleure d'entre toutes les femmes. Je suppose que je devrais chercher les causes, excuser les faiblesses, comprendre les erreurs, fermer les yeux sur les bassesses. Oui, je suppose que, pour faire plaisir au plus grand nombre, je devrais la considérer comme une victime, mais au fond de moi je sens que ce serait comme me déposséder de mon statut. Les faits sont simples : une jeune fille a tué son père après dix années de « maltraitance ». Pour me sauver, je dois être la seule victime. Puis-je faire preuve d'indulgence en de telles circonstances ?

– Cette question, le juge risque de te la poser. Si tu n'as pas la réponse, penses-y tout de même, pour ne pas rester silencieuse en face de lui.

Que voudrez-vous, monsieur le juge ? Un oui ou un non ? Une réponse catégorique ? Que puis-je encore savoir de mon amour pour elle, écrasé par une chaîne qui a durci ma peau durant tant d'années ? Je n'ai pas de réponse à vous apporter, même si je sens que ma soumission et la sienne n'étaient pas très éloignées l'une de l'autre. Mais une petite voix me murmure que des choix différents de sa part en auraient entraîné d'autres de la mienne. Je l'ai suivie malgré moi, sa chute a créé la mienne. Ce modèle perverti ne va pas m'aider à lui pardonner mes dix dernières années.

Mais là n'est pas la question, monsieur le juge. Ce qui doit être jugé, c'est mon acte. Comment l'obscur sentiment de loyauté que j'éprouvais s'est transformé en désir de survie. Ce choix de la vie qui fut le mien, et qui n'incluait plus mes parents.

Sandrine me laisse boire mon milk-shake, perdue dans mes pensées. Elle a compris que le fait de parler de ma mère ne me met pas dans les meilleures dispositions pour déjeuner, peut-être pour le reste de la journée. Je ne vois pas ce que je pourrais vous raconter de mes sentiments, monsieur le juge, et je serais probablement tentée de vous planter là, dans votre bureau avec mon cahier à spirale entre les mains, pour me décharger de la difficulté extrême de parler. Je m'imagine vous balançant un tonitruant « Tenez ! » en vous offrant mon cahier lourd de mes dix dernières années, et d'ajouter, parce que je m'intéresse à mon avenir : « Je vous attends dans le couloir. »

Mes mots valent leur pesant d'or comparés à mon silence. Je me sens dans l'incapacité de délier ma langue et de faire comme si j'avais l'habitude de parler, devant un homme qui aura à décider de ce que sera mon futur.

Les mots restent les mots. Et lire, c'est m'entendre.

– Ne te mets pas la pression, me dit encore mon éducatrice. Et n'oublie jamais que tu es une victime.

Je ne risque pas de l'oublier : on m'a répété cette phrase à peu près trois fois par jour ces deux dernières semaines. Je mâche le mot « victime » comme la vache son herbe, qui la rumine avant de l'envoyer macérer dans son deuxième estomac. Je mastique encore et encore mon statut d'enfant maltraitée, c'est à présent tout ce qu'il me reste de mon identité. Et puis je l'avale avec toute la dextérité dont je me sens capable, pour montrer ma bonne volonté à ceux qui croient qu'au fond je trouvais plus pratique de rester dans ma cage.

Je ne suis plus Charlotte.

Elle est morte depuis si longtemps que c'est à peine si je me souviens des traits qui faisaient d'elle une petite fille à part entière. Je ne suis plus Charlotte, je suis la gamine enchaînée qui s'est autoproclamée Druzilla, princesse des vampires à l'âge de neuf ans. Cette identité me tient chaud malgré l'omniprésence de ma cave humide ; parfois c'est comme si je ne l'avais jamais quittée, même avec un bon milk-shake goût noisette dans la bouche. Je suis et resterai longtemps celle qui dormait dans la cave, au sous-sol.

Je sais qu'on me désignera du doigt dans la rue. On me dévisagera, on murmurera à mon arrivée, on détournera le regard pour éviter de penser que cette frêle jeune femme a tué un homme, quand bien même c'était pour se défendre. Alors, comme je l'ai toujours fait, je me cacherai derrière une nouvelle personnalité, je me cacherai derrière mon propre reflet, je deviendrai une ombre parmi les ombres pour qu'on me foute enfin la paix.

Je retomberai dans l'anonymat, dans une chambre d'étudiante payée par l'État qui s'en veut à mort de m'avoir laissée pourrir pendant dix ans dans ma cave. L'État se pliera en quatre pour m'offrir cet avenir auquel j'ai droit.

C'est la conclusion que j'aimerais entendre de votre bouche, monsieur le juge.

« J'en ai encore pour beaucoup d'années. »
Voilà ce que je vous écris, monsieur le juge.
« Je ne sais que faire de cet avenir, mais il m'appartient. »

J'ai onze ans.

J'entre en sixième au collège Charles-Guérin, et je n'ai pas l'espérance d'un renouveau à cause de ce changement d'établissement. Certes, je croise dès le premier jour de nouvelles têtes, de nouveaux visages qui en d'autres circonstances auraient pu devenir des amis. Chacun se toise pour savoir à quel clan il appartiendra, à quel groupe il ne faut surtout pas se joindre. Il y aura ceux qui comme moi hanteront les fonds de classe pour ne pas avoir à se mêler, soit par timidité, soit par conscience aiguë que toute amitié peut entraîner de graves conséquences. C'est plus fort que moi, je sais que j'ai un lourd secret à protéger.

Je suis différente et j'en tire un mauvais orgueil. L'orgueil de ceux qui souffrent et qui s'en sortiront par des moyens radicaux.

Tout se passe exactement comme je l'avais prévu. Je m'installe en fond de classe, l'air taciturne et profond de celle qui a un secret, donc, à protéger. Je bénéficie d'une aura de mystère parce qu'on se demande encore si je suis timide ou si je suis une sorte de petit monstre. Cette aura ne durera pas. Bientôt, je serai démasquée et l'atroce vérité s'imposera : il ne faut pas me fréquenter. Pour le moment, on me dévisage. La salle est petite, une fille que je ne connais pas a osé se placer à côté de moi, mais je sais que cela non plus ne durera pas. Je suscite la fuite, comme le vinaigre pour les mouches.

Le malheur s'inscrit en lettres majuscules sur l'étendue de mon front, et les autres sentent instinctivement que ma fréquentation ne leur apportera que des ennuis. La petite boule qui s'est assise à côté de moi, parce que la largeur de son derrière a repoussé les autres élèves de la classe, ne tardera pas à me trouver pire qu'elle et à me rejeter, elle aussi. Son excès de poids sera dérisoire par rapport à mon asociabilité, à mon air renfrogné qui fait fuir même les plus déterminés à décrisper les timides.

Un moment, je mesure l'étendue du désastre.

Cela n'aurait pas dû se dérouler ainsi. Je devrais être au premier rang, souriante, radieuse et magnifique, dans la splendeur de mes onze ans. Première de la classe, oui, mais aimée de tous, car sympathique et boute-en-train. Je devrais être forte en gueule et au courant des dernières nouveautés. Mon exubérance naturelle aurait dû pousser les autres à se disputer pour être à côté de moi : ma joie communicative aurait dû tous les séduire et m'offrir ce qui me revient de droit : la popularité.

Je devrais être celle à qui l'on demande toujours son avis.

Je devrais être celle qui refuse la grosse à côté d'elle, et qui rit fort parce qu'elle a du « potentiel ». Je devrais être une petite garce prétentieuse et pourrie par la vie, dont l'avenir miroite et qui ne manquera pas de devenir, malgré tout, une femme bien.

Mais je suis celle qui est au fond de la classe. Celle qui se cache derrière ses longs cheveux que l'on croit gras, celle qui se coltine la grosse fille dont personne ne veut.

Je suis celle que l'on ne remarque pas, ou, plutôt, que l'on ne veut pas remarquer, et de laquelle on se détourne en ricanant un peu de côté.

Le professeur principal, lui, m'a déjà repérée. Cela ne m'étonne pas outre mesure puisque, je l'ai écrit, la mention « malheur » est inscrite en lettres d'or sur l'étendue de mon vaste front.

Nous écrivons notre prénom sur une feuille pour lui en faciliter la mémorisation, puis nous avons à faire ce que je redoutais, nous devons inscrire « quelques renseignements » sur nous, afin que durant ces neuf prochains mois il « apprenne à mieux nous connaître ».

CHARLOTTE.

Mère au foyer (puis-je ajouter raide dans sa soumission ?).

Père cadre (ajouterais-je spécialiste ès séquestrations ?).

La dernière question est particulière et me laisse perplexe : « Si vous estimez nécessaire que le professeur soit au courant de certaines choses, écrivez-le sur cette feuille. » Vais-je écrire que depuis quatre ans je vis dans une cave et que je suis en train de devenir un vampire ? Vais-je aussi écrire, à l'attention de ce charmant professeur qui demande à mieux me connaître, que le poids de mes chaînes a définitivement abîmé la peau de mes poignets ? Il me scruterait d'un drôle d'air avant de m'envoyer causer avec la CPE qui s'est présentée tout à l'heure.

En me jetant sur la dernière chaise tout au fond de la classe, je n'ai pas fait le bon choix, je le sais, mais je n'en connais pas d'autres. Je ne vois pas le moyen de faire autrement. Nous sommes à l'heure de la découverte. Nous sommes à l'heure où, comme dans la savane, chacun se renifle et s'observe à la manière des vautours, et je sens peser sur moi les regards des prédateurs qu'ils sont : celle-ci sera notre proie. Avec ses yeux larmoyants et ses cheveux dégueulasses, elle est bien plus intéressante que la grosse à côté d'elle. Ses doigts qui s'emmêlent et sa manière de nous regarder de biais, jamais franchement, voilà un pur régal pour nous qui sommes perpétuellement à l'affût d'un peu de croustillant.

J'aimerais que les gens découvrent seuls la vérité, sans que j'aie besoin de désigner moi-même celui à qui, malgré tout, je dois la vie. Il ne sera pas dit que j'ai raconté des histoires derrière le dos de mon père.

Le professeur s'avance pour ramasser nos fiches dûment remplies. À mon contact il frémit, je l'ai senti, vraiment.

– Tu t'appelles Charlotte, c'est ça ?

– Oui…

Voilà. C'est déjà fini.

Il n'a pour l'instant adressé la parole qu'à une seule personne, et il a fallu que ce soit moi. Ainsi, je suis déjà marquée au fer rouge. Mes camarades de classe se retournent pour voir ce que j'ai de si particulier pour que le professeur me parle en lisant ma fiche. C'est qu'ils ont le don, ces gens-là, de renifler à des kilomètres le gamin qui posera problème à un moment ou à un autre de l'année. Il m'a ainsi étiquetée « problématique » alors que jusqu'à présent je ne m'en sortais pas trop mal. En le regardant s'éloigner, je me promets, en mon for intérieur, qu'il en paiera le prix. Si je dois me transformer, parfois, en revêche bordélique pour le simple plaisir de faire chier, ou pour m'épargner la moquerie de mes camarades, je sais que ce sera dans ce cours-là.

Le professeur se retourne en marchant, alerté par ce qu'il sent de mon regard dans son dos. Dès lors nous savons, lui et moi, ce que seront ces neuf mois à venir.

À quelques rangs, j'entends un ricanement et une voix qui murmure :

– Regarde, on dirait Mercredi, l'autre tache de la famille Adams.

Un bloc de haine, à l'encontre de ces lieux et de ce prof qui souffrira.

« Je voulais être anonyme. »
Voilà ce que je vous écris, monsieur le juge.
« Être comme tout le monde, ni plus ni moins. »

J'ai onze ans et demi.

Notre professeur de français nous lit un passage des *Métamorphoses* et je me sens bien. Athéna, qui sait être une déesse et qui en joue, est persuadée qu'elle est plus douée que n'importe quelle mortelle. Aussi, lorsqu'elle organise un concours entre elle et Arachné, elle est certaine qu'elle va gagner.

J'observe le professeur qui jubile en nous montrant la mythologique Athéna, mauvaise perdante, et je dois dire que sa joie est communicative. Je me prends au jeu de cette malheureuse mortelle qui ose défier une déesse.

J'ai sous les yeux l'image des deux femmes filant leur toile, et j'ai hâte de connaître le châtiment que réserve Pallas-Athéna à Arachné, dans le cas où elle viendrait à gagner. Notre professeur prend le temps de nous lire un passage crucial en latin, « pour vous habituer à cette langue morte si jamais vous prenez l'option latin l'année prochaine », dit-elle.

L'image est sublime, bien que grièvement endommagée par l'audacieux noir et blanc de la photocopie – Éducation nationale oblige. Le professeur nous explique en termes choisis que le manuel est trop pourri pour que nous puissions bénéficier d'une illustration décente. Nous devrons solliciter notre imagination pour remettre les couleurs là où il ne s'en trouve plus. Pour m'enfoncer un peu plus dans mon isolement, elle précise que nous avons toujours la possibilité de regarder des illustrations de cette scène sur Internet, Google étant un outil absolument formidable. Il y aurait de quoi réchauffer le cœur, mais, ce n'est pas de chance, je vis dans une cave bien trop humide pour supporter les branchements d'une télévision ou d'un ordinateur. Et depuis que chaque soir je m'endors paisiblement avec des chaînes qui enlacent mon corps, je ne me vois pas demander à mon père s'il pourrait avoir l'aimable obligeance de me permettre d'accéder à son Internet personnel. Au fond de moi, je sais qu'il accepterait. Loin de lui l'idée de me voir devenir une idiote patibulaire sous-cultivée. Son prestige de cadre supérieur en prendrait un coup. Mais je préfère déployer toutes les ressources de mon imagination plutôt que de solliciter quoi que ce soit auprès de cet homme-là.

J'en suis là de mes réflexions lorsqu'on frappe à la porte. C'est Norah, la surveillante, qui demande à la prof si elle veut bien me laisser sortir quelques minutes, car « c'est madame la CPE en personne qui la demande ». Ma colère monte. N'aurai-je pas droit, moi aussi, à la découverte de la vengeance d'Athéna ? Faut-il que je sorte avant et que l'on me prive de ce bonheur d'apprendre, de découvrir, alors que pour une fois j'en ai réellement envie ? Les deux femmes me fixent d'un drôle d'air, comme si une convocation chez la CPE valait convocation au commissariat ou dans le bureau d'un juge – je suis loin de me douter, à l'époque, que je vivrai aussi cette sorte de convocation là.

Je me lève, contrainte d'abandonner Arachné à son sort, sous le regard mi-amusé, mi-réprobateur de la classe toujours prompte à juger. Je suis Norah vers ma destinée, à savoir les questions insidieuses de la CPE en personne. J'entre dans son bureau avec une boule dans l'estomac, plus ou moins consciente que ce n'est pas tout à fait normal de me retrouver là : je n'ai rien fait pour le mériter, je devrais être en train d'étudier avec mes camarades.

– Comment vas-tu en ce moment ?

Je reste interdite. Les yeux écarquillés par la surprise, je tente de comprendre pourquoi on me convoque au milieu d'un cours pour me demander « comment ça va ». Et la colère monte à nouveau à l'idée que les autres sont en train de découvrir le sort d'Arachné. Je l'étouffe pourtant, et je réponds posément :

– Ça va bien, merci.

Ma réponse sonne faux. Je le sens. C'est qu'on n'a pas idée de convoquer les gens au débotté pour s'enquérir de leur bonheur. Je ne suis pas habituée à tant de sollicitude, c'est pourquoi je prie pour que madame la CPE pardonne ma gaucherie. Mes yeux clignotent de manière anormale, je triture mes cuticules au point de les arracher. Je sens le regard de cette femme qui pèse lourd sur mes épaules. Elle tente de décrypter mon comportement, et je ne désire qu'une chose à ce moment-là, bondir sur son bureau pour lui arracher ses deux globes oculaires. Ainsi, elle cessera définitivement de me regarder.

« Nous te trouvons très effacée. De plus en plus effacée à vrai dire. Tout se passe bien pour toi ? »

Je devine le miel dont elle tartine sa voix pour me mettre dans sa poche. J'en ai la nausée. Je me sens au bord d'un précipice, avec la possibilité de sauter, ou, au contraire, de m'accrocher à cette main que l'on me tend, si soudainement. Je suis à un carrefour, et je sens combien est lourde sa demande : prendre à droite, ou au contraire, à gauche. Il n'y a pas de rond-point, et madame la CPE ne me laissera pas réfléchir à mon aise pendant une heure.

Je sais que, si je le souhaite, je peux détruire la vie de mon père, là, tout de suite, dès à présent. Je sais que, dès lors que j'aurai parlé, j'aurai mis en branle un engrenage fatal car il ne sera plus question de décider de quoi que ce soit. Tout le monde parlera à ma place, tout le monde pensera pour moi, car on ne décide de rien lorsqu'on a onze ans. Je sais pertinemment qu'elle a flairé quelque chose d'anormal : elle attend de moi que je lui livre sans délai mes secrets les plus intimes.

Elles furent pénibles, ces longues minutes où je me demandais si je devais trahir mes parents. Étais-je malheureuse au point de détruire, en l'espace de quelques mots, ce qui faisait jusqu'à présent ma famille ?

Avais-je le droit de tout détruire, de faire exploser trois vies – même si elles n'étaient pas des plus équilibrées ?

Si madame la CPE me regardait vraiment, elle se rendrait compte qu'à cet instant précis je suis deux. Il y a moi et mon violent désir de tout envoyer balader, de crier au monde entier que je dors dans une cave puante, et puis il y a moi timorée, avec mon drôle d'amour pour mes parents malsains, les auteurs de mes jours, qui n'ose pas saisir cette main qu'on est en train de lui tendre. Mes deux moi se battent farouchement. C'est un instant de douleur innommable. J'ai mal à en crever, à l'idée de faire le mauvais choix.

C'est trop difficile.

Je suis en train de craquer, quelque chose se morcelle en moi et madame la CPE devra ramasser mes débris éparpillés. Pourtant, je résiste. Une force me fait tenir debout, digne devant cette femme qui ausculte mes neurones avec son regard en scalpel. Je ne veux rien lâcher parce que je ne suis pas un animal de foire. Mais immédiatement, l'autre moi me rattrape et me supplie de parler. L'autre moi me dit qu'il faut changer de vie. Et l'espace de quelques très brefs instants, je suis totalement désemparée face à elle. Je suis perdue, et j'ai le rêve secret de redevenir la petite fille de sept ans à qui la vie souriait avec une fière insolence. Je voudrais me coucher sous son bureau et m'endormir sereinement.

Je voudrais qu'on m'oublie. Définitivement.

Madame la CPE interprète mal mon silence, ou bien mon impassibilité lui fait croire que je suis déterminée à garder mes lèvres scellées. Elle tapote de plus en plus vite sur le coin de son bureau, les yeux rivés sur mon front qui prend toute la place : elle perd patience devant une attitude qu'elle juge arrogante.

– C'est pour toi que l'on se pose toutes ces questions. Tu es certaine que tu n'as rien à me dire ?

Je suis au bord des larmes.

J'ai envie de pleurer comme jamais. Je sens dans mon ventre les secousses qui précèdent l'explosion d'un volcan. Il me faut une échappatoire, tout de suite, avant de pleurer devant la CPE qui attend avec détermination une réaction de ma part. Je vais exploser en un torrent de sanglots et ce ne sera pas joli à voir. Je vais crier et lacérer ma poitrine comme les bacchantes qui hurlent à la mort devant les tombes des défunts, avant qu'on ne les mette en terre. Elle me jugera folle, m'enverra vivre dans un autre endroit isolé, qui offre au moins tout le confort nécessaire.

Mais mon silence a duré trop longtemps, il n'y a rien à tirer de ma petite personne, aussi décide-t-on, avec toute la douceur dont on est capable de faire preuve, de me renvoyer dans ma salle de classe.

Je ne sais ce qui me brise le plus. Avoir raté le moment de parler – je sais qu'il est trop tard, je vais me lever dans le plus grand silence et rejoindre mes camarades qui me considéreront un peu plus comme un ovni – ou avoir raté la suite de l'histoire et d'ignorer ce qu'il advint d'Arachné, après qu'elle a osé remporter une victoire contre Pallas-Athéna. La sonnerie va retentir, Arachné restera un mystère pour moi, et ce soir, j'aurai retrouvé ma cave.

Ça n'a pas loupé, à peine rentrée dans la salle de classe, la sonnerie retentit. Les autres bondissent pour s'échapper au plus vite de cette pièce où ils s'ennuient. Je me suis fait remarquer et j'en suis triste. J'avais simplement envie de connaître le destin d'Arachné. Je range mes affaires puis je prends mon courage à deux mains. Je me dirige vers mon professeur qui me regarde de biais depuis tout à l'heure.

– Madame, comment ça se passe après ?

Ma voix est douce. Douce et éteinte.

– Que veux-tu dire par là ?

– Qu'est-ce que fait Athéna pour se venger d'Arachné ? Parce qu'Arachné s'est montrée plus douée qu'elle, si j'ai bien compris avant de sortir.

– Cela t'intéresse vraiment ?

Sa surprise m'ahurit.

C'est vrai que je n'ai pas le profil type de la bonne élève. C'est vrai que je suis souvent absente, physiquement ou mentalement, mais je ne pensais pas me présenter comme un abîme d'indifférence.

– Oui, ça m'intéresse vraiment beaucoup.

– Alors, prends ce livre. Page 22. Tu le lis tranquillement chez toi et tu n'oublies pas de me le rendre au prochain cours !

– Merci, madame.

Le sourire monte en moi.

Tout n'est pas perdu.

Ce soir, je vais ramener dans ma cave un livre qui vient du monde extérieur. Ce soir, dans ma cave, je vais rêver et voyager dans l'Antiquité. Mon père aura beau m'enchaîner, je connaîtrai enfin le sort qui fut réservé à Arachné, je pourrai me glisser dans sa peau et jouer à la perfection les victimes sacrifiées. Je pourrai transformer la fin à loisir : Athéna me tiendra sous son joug et fera de moi une pauvre marionnette, ou, au contraire, je renverserai la déesse par l'unique biais de ma force mentale, et je serai la nouvelle idole de l'Olympe. Mes longs cheveux roux fouetteront l'air, mon regard impérial tourné vers Pallas-Athéna, soumise à ma force brutale.

Et puis je pourrai m'imaginer revenant dans la vie réelle, investie de tous les pouvoirs, pour fiche à mon père la raclée de sa vie. Sans que j'aie besoin de bouger le petit doigt, mon regard intense orientera les chaînes vers le cou de mon père, et je le pendrai à l'entrée de ma cave, entre deux marches de l'escalier. Je le laisserai se balancer pendant que j'observerai paisiblement le doux spectacle de ma délivrance.

Je deviendrai une héroïne de la mythologie ; la jeune fille qui s'est libérée seule de ses chaînes.

Arrivée dans ma cave, que je suis plus encline à regagner, à la stupéfaction de mon père, j'ouvre le livre que la prof m'a prêté. Une énorme araignée me saute à la figure. Je fais le lien avec un mot que je connais.

Arachnophobie.

Pauvre Arachné, transformée en araignée, et qui tissera elle-même sa toile pendant le reste de ses jours.

Il existe des situations inextricables.

La boule d'angoisse qui mange mon estomac ne me quitte plus à présent.

« On a tissé une toile autour de moi. »
Voilà ce que je vous écris, monsieur le juge.
« Avez-vous idée du temps qu'il faut pour s'extirper d'une toile d'araignée ? »

J'ai douze ans.

Maman me fait part d'une merveilleuse nouvelle. Mes grands-parents veulent me prendre en vacances chez eux, pendant une semaine. L'excitation monte : nous ne sommes jamais partis en vacances, à cause de la cave, justement. J'ai perçu chez mon père son désir de m'obliger à dormir dans cet unique endroit. Je crois savoir pourquoi il accepte bon gré mal gré la proposition de pépé et mémé. Il s'agit avant tout de ne pas éveiller les soupçons. Faire croire que tout va bien, que nous vivons un bonheur tranquille, que la famille, c'est ça. Que la famille, c'est nous. Nous sommes idylliques dans notre bonheur et notre entente cordiale. Nous sommes un modèle pour les familles en perdition, celles où les époux se vautrent dans d'autres lits, où les enfants filent un mauvais coton. Il suffit de nous regarder pour nous jalouser ou nous admirer.

Voilà ce à quoi mon père aspire.

Il ne peut souffrir l'idée que l'on découvre son secret. Ses failles peuvent éclater entre nos quatre murs, mais sous le beau ciel bleu, à l'extérieur, il est la perfection faite homme. Voilà ce qu'il en coûte d'avoir conscience de ces vices cachés auxquels nous ne pouvons échapper. Papa sait combien il a besoin de nous martyriser, et pour que cela dure le plus longtemps possible, il faut composer. Composer avec le quotidien, composer avec les intrus comme l'école ou les grands-parents. Il faut faire des prodiges d'imagination pour paraître normal et respectable.

La respectabilité.

Ce mot le fait bander, au moins autant que de frapper ma mère avant de l'embrasser. Qui peut savoir ce qui excite mon père, cet homme raffiné et tellement à cheval sur les convenances ? Il est parfait lorsqu'il joue son rôle devant ses invités, il est parfait comme ses pensées toutes faites : il ne faut pas avoir d'enfants en dehors des liens du mariage ; comment deux personnes du même sexe peuvent-elles s'aimer, ce serait comme accepter que deux chiens mâles s'enculent – c'est le genre de vocabulaire qu'il affectionne devant ses collègues lorsque la soirée s'éternise et s'étire jusqu'à la nuit. J'ai alors le privilège de pouvoir m'asseoir sur le canapé et de regarder la télé : les invités seraient offusqués s'ils me voyaient dire « bonne nuit » avant de descendre dans la cave.

Je l'observe au moment où ma mère m'annonce cette nouvelle, et je le sens aussi perplexe que je peux l'être, mais pour d'autres raisons, bien sûr.

D'abord les miennes.

Ai-je envie de me confronter au luxe que m'offriront pépé et mémé ? Ils ont bien mené leur vie, ils ont une retraite aisée, un quotidien agréable et réconfortant. Leur gentillesse est si touchante que je me verrais bien tout leur déballer. Ai-je envie de vivre dans une jolie chambre ? Dans une pièce suave et sèche, où les draps ne sentent pas l'humidité ? Avoir mes cheveux propres pour au moins sept jours. Sentir mes bras et mes pieds libres de se tordre tout au fond du lit, et de me tourner, me retourner, dans un lit qui accueillera mon corps abasourdi de jouir de tant de place et de tant de liberté de mouvement. Ai-je envie de m'habituer à ce doux confort, de m'inscrire dans une parenthèse, avant de m'en retourner vers une vie qui sera la même ? Je ne vois pas de fin, je ne vois pas de limites à cet ordre établi. Peut-être serait-il plus prudent de ne pas me faire de mal en acceptant. Mais la tentation est trop grande. Une semaine de tranquillité, rien qu'une, c'est tout ce que je demande.

Ensuite les siennes.

Il faut qu'il accepte de tourner en rond et de vivre, pendant une semaine, avec l'idée terrifiante que je puisse prendre goût à ma liberté retrouvée, au point de me délivrer en libérant une parole qui le condamnerait. Il devra jouer à celui qui sourit à la vie, heureux que sa fille adorée passe quelques jours de vacances chez ses grands-parents, sans se soucier d'un lendemain qui ne sera pas enchanteur si elle décide d'ouvrir la bouche. Sa peur est bien plus redoutable que la mienne : si je risque d'être étiquetée « victime de maltraitance », ce qui n'est pas un sort enviable, lui, il risque la prison. Cette idée seule m'enchante, quand bien même je me sens trop vide et trop faible pour tenter quoi que ce soit en ce sens.

J'ai vu juste.

Il s'installe à côté de moi sur le canapé, et sur le ton de miel qu'il utilise lorsqu'il désire m'amadouer pour vaincre ma peur, il commence :

– Ma chérie, mon enfant (il caresse une mèche de mes cheveux). Tu es consciente que si nous te laissons pendant une semaine chez pépé et mémé, cela implique quelques conditions.

Je ne dis rien. J'essaie de ne rien laisser paraître, pour qu'il s'empêtre tout seul dans les menaces qu'il sous-tend et qu'il essaie d'imprimer dans mon cerveau. Je joue à la jeune fille timide et soumise qui attend les consignes qu'elle devra suivre. Je connais quasiment tous les mots qu'il va employer pour me réduire au silence.

– Tu comprends, continue-t-il, un léger sourire au coin des lèvres – un sourire qu'il a probablement travaillé durant des heures devant son miroir. Tu comprends, maman et moi on aspire à la tranquillité, et l'intimité de notre famille, c'est sacré.

Je hausse les sourcils. J'aime le voir quand il s'oblige à être doux comme un agneau. Je sens, tout à coup, à quel point il a peur des mots qui pourraient sortir de ma bouche. J'ai envie de faire durer ce moment, au moins quelques minutes de plus. Mes poings et mes pieds n'ont pas la force des siens, mais quand je le veux, même s'il pense le contraire, je peux être diabolique. Je le regarde et j'attends qu'il lève les sous-entendus, j'attends qu'il en soit réduit à énoncer ce qu'il n'avait pas envie d'énoncer.

Voilà ma force, c'est dans ce moment-là que je prends le dessus.

– Ma petite chérie, poursuit-il avec un sourire plus crispé, car il a compris mon jeu – mais ce n'est pas le moment de s'énerver. Ma petite chérie que j'aime si fort – ta maman aussi t'aime, et elle ne veut pas te perdre –, il y a des choses qui ne doivent pas sortir de ces murs. Ce qui se passe dans l'intimité d'une famille doit rester à l'intérieur de la famille, et, pour la tranquillité de papa et de maman, il ne faut pas que ces choses-là soient dites à l'extérieur… Comprends-tu ce que j'essaie de te faire comprendre ?

Imperturbable, je fais tout pour éviter que le sourire qui naît en moi parvienne au bord de mes lèvres. Je triture mes petits doigts rognés. Je masse mes poignets violacés. Papa baisse les yeux, et je le sens qui rougit. À ce moment précis, je ne sais s'il a honte de lui ou s'il a peur de moi, mais je sais qu'il met tout en œuvre pour se contrôler face à ma placidité.

« J'ai dû te punir ces dernières années, parce que tu n'étais pas sage, tu comprends ? Il faut que tu me prouves que tu es capable d'être sage. Alors, si tu m'en donnes la preuve, si tu me prouves que tu es capable d'être très gentille, peut-être serai-je en mesure d'alléger ta punition. Tu comprends ? »

Je n'en peux plus de son « Tu comprends ? ». Son jeu commence à me lasser, de toute manière j'en connais la fin. Oui, je comprends, et je finis par accepter, comme toujours.

– Oui, je comprends.

Papa se redresse, satisfait.

Déjà une lueur a réapparu dans son regard, puis une dureté que je connais bien. Il pense avoir gagné, et je le laisse le penser, il n'est pas question de lui prouver qu'il a tort. Je sais ce que me réserve mon avenir, je préfère donc être économe de mes mots. Il est inutile de s'user à combattre un destin qui a truqué les cartes. Il est inutile de se fatiguer bêtement quand tout est joué d'avance.

Je sais que j'irai chez pépé et mémé, je sais que je jouirai d'une semaine de tranquillité avant de retourner dans mon enfer, sans qu'un mot de trop ne sorte de ma bouche. J'ignore ce qui m'empêche de profiter de mon avantage : celui de tout être humain, celui qui part de mon souffle, qui passe par mes cordes vocales pour s'exprimer par mes lèvres, mais je suis trop fatiguée pour me poser des questions sur mon manque de réaction. Ce dont je rêve au moment où mon père se lève du canapé pour se diriger vers la cuisine en sifflant, c'est d'un bon lit douillet dans lequel je pourrai rattraper mes années de sommeil en retard.

Ce dont je rêve, c'est d'un sommeil de plomb sans cauchemars et sans peur.

Pépé et mémé viennent me chercher le surlendemain aux alentours d'une heure de l'après-midi. Ils prennent le dessert et boivent le café chez nous, avant de me charger dans la voiture avec mes affaires. Je suis fébrile, je serre contre moi mon sac de voyage. Au fond de moi s'agite une envie de rester pour éviter de m'habituer aux bonnes choses. J'ai peur, infiniment peur, d'être trop heureuse. Je ne veux pas de ce bonheur intérimaire qu'on m'enlèvera au bout d'une semaine. J'ai les larmes aux yeux car ce voyage me fait autant de bien qu'il me fait de mal.

Papa attache ma ceinture, en glissant à mon oreille : « souviens-toi de notre conversation ». Je ne tente même pas de contrôler le tremblement que cette phrase provoque en moi. Oui, je me souviendrai de cette conversation, parce qu'une sorte d'instinct me prévient que si je brise ce pacte, les chaînes seront le dernier de mes soucis. Je sens qu'il ne faut pas grand-chose pour que les délires de mon père montent d'un cran. Je sais qu'il n'attend que cela. La barrière n'a pas tout à fait cédé, mais si je fais une « bêtise » de plus, je l'aurai cherché, et il n'aura pas à s'excuser d'avoir craqué.

Au fond, il guette mes maladresses pour s'accorder le droit de laisser libre cours à son imagination, et la culpabilité ne sera pas de mise, puisque mon comportement sera criant de vérité : j'avais envie qu'il me punisse. Maman, elle, a envie qu'il la batte, puisqu'elle attend les claques depuis tant d'années pour avoir le droit de recevoir des baisers fougueux de son homme.

La voiture s'éloigne de mes parents. Je les vois encore, de plus en plus petits, de plus en plus lointains. J'aimerais qu'elle s'éloigne définitivement, mais je m'interdis même d'y penser, car les retours à la réalité sont trop douloureux. C'est pour cela que je ne supporte pas que l'on dise de moi que je suis une « rêveuse ». Loin de moi l'idée de rêver, je préfère me confronter à la dure loi de la réalité. Je préfère entrer de plein fouet dans un mur de brique plutôt que de me recroqueviller dans un nuage douillet qui s'évapore toujours. Je me dis qu'une semaine c'est vite passé, vite oublié.

Mais je n'ai pas oublié.

Je n'ai pas oublié la bonne odeur de lardons fumés qui monte de la cuisine pendant que pépé lit son journal en fumant un cigarillo. Je n'ai jamais oublié la façon dont mémé m'a appris comment on bat des œufs en neige pour faire une mousse au chocolat, ou comment on fait une vraie pâte à crêpes, plutôt que d'acheter ces « trucs infâmes » au supermarché. Je n'ai pas oublié l'odeur de lessive qui s'échappe de mes draps et de mon édredon, ni les ours en peluche que mémé a déposés sur mon lit, et qui me donnaient l'impression de n'être jamais seule.

Comment oublier mes cheveux propres et secs que mémé coiffait tous les matins ? Comment oublier la tapisserie rose qui lavait mes yeux de mes murs gris et suintants ? Mémé m'infantilisait un peu, c'est vrai, mais c'est tellement bon d'être une petite fille que l'on caresse et que l'on gave.

On me gave de bonbons et de gâteaux.

On m'achète quantité de livres car on a découvert que j'aime lire, et pendant que mémé cuisine et que pépé est parti acheter du pain, je découvre MTV et tout un monde de chanteuses que je ne connais pas. Je me rends compte à quel point mes camarades de classe ne peuvent que me mépriser, moi qui ne connais ni Rihanna ni Shakira. Comment puis-je concevoir une quelconque amitié – même avec la grosse toujours à côté de moi car on s'est suivies de classe en classe – alors que même elle a le droit de connaître Beyoncé, Jenifer, M. Pokora et autres chanteurs à succès qui les font toutes craquer, tandis que j'en suis encore au stade de la découverte effarée ?

Papa ne me prive pas seulement d'une chambre confortable et d'une tendresse que je serais en droit d'attendre, il me prive des échanges et des conversations avec les autres, il me prive de ma légèreté de jeune fille immature et joyeuse plus occupée à baver sur les pectoraux de ces messieurs qu'à conjuguer les verbes du premier groupe au subjonctif présent.

J'aurais aimé être l'une de ces gentilles débiles aux joues bien colorées, cela aurait au moins signifié que j'étais, malgré tout, heureuse.

À mon retour, papa est plus cool. Cela dure une semaine, pas un jour de plus. Je comprends la portée de ce répit et je ne m'offusque plus du raffinement qu'il met à abattre chacun de mes espoirs.

Ma « liberté » a consisté à avoir le droit d'apporter les livres de mon choix dans la chambre, et de dormir sans mes chaînes – mais avec la porte fermée à clef.

J'ai ainsi pu dévorer ce qu'aucun de mes camarades ne dévorera jamais : *Germinal*, *Biographie de la faim* et même *Candide*, sur les conseils de mon professeur, ravie de découvrir dans sa classe une « liseuse » telle que moi. Après avoir lu *La Complainte du désespéré* de Joachim du Bellay, je pense à me couper les veines, mais le rayon de soleil qui chaque matin irradie mes yeux me laisse accrochée à ma vie. Comprenez-vous, monsieur le juge ? J'aime la vie.

Je lis Rimbaud et je pleure et je ris.

Je lis *Les Hauts de Hurlevent*, et, soudainement, j'entends ma souffrance qui parle. D'une voix caverneuse, sortie des profondeurs de ma cage thoracique, je l'entends qui murmure que la vie se situe ailleurs, que je n'ai pas encore tout vécu.

« La vie se situe ailleurs. »
Voilà ce que je vous écris, monsieur le juge.
« Je n'ai pas encore tout vécu. »

Il est seize heures.

Sandrine vient de frapper à la porte. Elle entre avec l'air d'un professeur prêt à assener sa leçon de morale.

Elle s'arrête un instant sur le seuil, pour apprécier le spectacle d'une jeune fille absorbée dans l'écriture. Je ne me presse pas de l'inviter à s'asseoir, je ne me sens bien qu'avec mon stylo à la main. Son intrusion intempestive me fait perdre mon temps.

Sandrine prend une chaise et s'installe d'autorité à côté de moi. Je ne lui en veux pas, je sais que les adultes pensent avoir le droit d'agir pour moi. Le droit d'agir pour mon bien. Le droit d'agir pour me protéger. J'en prends dès à présent mon parti. Je sais que ce n'est que le début du calvaire dans ce monde où les adultes osent encore me tendre les bras. Je connais la paix que l'on va m'intimer de retrouver, je sens sur moi l'odeur de ces peaux qui vont tenter de me consoler. Je le vois, cet avenir, comme si l'on me le projetait par avance, pour que je ne sois pas surprise.

Je fuirai le monde, ou, au contraire, je m'y loverai comme une putain qui passe de bras en bras pour oublier. Je rencontrerai tout un tas de bonnes âmes qui voudront me réapprendre à vivre, et qui me cajoleront tant et plus en me promettant monts et merveilles, pour effacer de ma mémoire la cave et tous les bons sentiments que j'y ai laissés. Je les vois déjà se battre pour moi, pour mon bonheur, pour mon salut. Et ce sera beau à voir, tout cet espoir appliqué à me sauver. Ce sera beau à voir, toute la désillusion dans leurs yeux, quand ils s'apercevront, après des mois de labeur acharné, qu'il est inutile de se battre pour moi, que ma bataille se fait seule, que je n'ai pas besoin d'eux. Ou alors je deviendrai une adulte comme il y en a tant, avec son lot de soucis et de satisfactions dans un quotidien tantôt morose tantôt enthousiasmant, et entre deux paperasses administratives à remplir, je rêverai de devenir écrivain, pour coucher sur le papier des histoires monstrueuses et touchantes à la fois.

Qui me dit que ce n'est pas de cela dont j'ai envie ? Conserver mes failles, vivre avec elles et en vivre bien.

Mon âme et mon espoir sont enterrés dans ma cave, et quand bien même je ne retrouve plus cette odeur de mort tous les matins, lorsque je sors de mon lit, il me semble parfois ne l'avoir jamais quittée. Qui pourra se battre contre cela à ma place ? Qui pourra m'empêcher de toujours sentir l'odeur de ma cave, à l'abri entre mes draps propres ?

Je suis faite pour le bonheur, de cela je suis certaine, mais ma cave s'en est emparée et l'a digéré. Il me faudra me battre contre ses entrailles et retrouver chacun des sacs de pommes de terre. Il me faudra gratter le sol et faire fondre mes chaînes, mes chaînes éternelles.

Je me redresserai et je prendrai tout ce qu'il y a à prendre.

Sur sa chaise, Sandrine commence à s'impatienter. Elle en a assez de me voir perdue dans mes pensées. Elle voudrait me secouer, m'appliquer une bonne paire de baffes pour m'éveiller au monde. Un peu brutal, terriblement efficace. Pourtant, elle n'oublie pas ce qu'elle a vu et senti dans ma cave, car elle y est descendue. Aussi, lorsqu'elle me trouve un peu trop… adolescente, ma chère Sandrine pose sur mon front l'étiquette « maltraitance ». Elle verse des larmes sur moi et pardonne bien volontiers mon arrogance. Presque malgré elle, elle excuse mes silences et mes provocations. Elle se sent comme investie d'une mission sacrée : me mener à bon port. Pour sa paix intérieure, pour chasser de son esprit les dizaines de petits détails qu'elle a repérés dans ma cave et qui lui brûlent la rétine, elle a besoin de me savoir heureuse après ma confrontation avec vous, monsieur le juge. Elle voudrait mener notre barque jusqu'au bout, faire en sorte que je ne me noie pas en chemin, et mes silences ne l'aident guère à me maintenir la tête hors de l'eau.

Mon silence fait croire que je ne suis pas disposée à accepter son aide. C'est faux. J'ai fait le choix d'écrire, pour ne pas avoir à parler, cela ne signifie pas que j'ai fait le choix de ne pas m'en sortir.

Je le vois, à sa mine renfrognée, qu'elle m'en veut de la maintenir en dehors de mon univers, de la tenir à distance de mes haines et de mes souffrances. Elle qui a vu ma cave, elle qui a touché mes chaînes. Sandrine pense qu'après avoir pleinement goûté mon malheur elle devrait tout de même avoir droit à un peu de considération de ma part. Puis elle fixe son dossier des yeux en se disant qu'après tout ce n'est qu'un travail, un *job*, et qu'elle devrait apprendre à maîtriser davantage ses émotions, pour savoir, elle aussi, me garder à distance.

Comme je n'ai pas du tout envie qu'elle finisse par maîtriser la sensibilité exacerbée qui la caractérise, je l'invite à s'asseoir près de moi, plus près, pour brièvement partager les doutes qui m'envahissent lorsque je songe à mon avenir. Elle est plus forte que moi à ce petit jeu, et je me laisse un instant envahir par ses certitudes. Je me dis que me laisser contaminer par son espérance en un monde meilleur pourrait être salvateur. J'ose y croire, même si je sais, au fond, que je ne fais pas partie de ces êtres humains qui espèrent envers et contre tout. J'ose y croire et c'est réconfortant. J'entrevois mon avenir et il ne me semble plus si noir.

Or, c'est à ce moment où je me laisse doucement glisser dans cet abandon de moi, c'est à l'instant où, enfin, je pourrais accepter de baisser un peu les armes, que Sandrine choisit de prononcer des phrases stupides, d'énoncer les stéréotypes nauséabonds que je n'avais pas envie d'entendre.

– Charlotte, il va falloir que tu parles à présent. Il faut que tu cesses de jouer la carte du mystère : des gens autour de toi voudront avoir des réponses.

Je sais depuis longtemps que Sandrine a beaucoup de mal à composer avec mes longues périodes de silence. Dans son monde si parfaitement équilibré, elle a du mal à imaginer que l'on puisse se réfugier dans le silence bienfaisant. Sandrine ne connaît pas le réconfort de l'écriture. Si elle prenait de l'intérêt à lire ce que j'ai écrit depuis ce matin, peut-être mettrait-elle plus de sobriété dans sa manière d'invectiver mon silence.

– Je ne joue pas les mystérieuses, Sandrine. Je ne sais pas parler, c'est tout.

– Mais que fais-tu en ce moment même, alors ?

– Je tente de mener une pseudo conversation, lui réponds-je, un peu sur la défensive. Ne t'attends pas à ce que je me livre par la parole, je suis incapable de réaliser ce genre de prouesse.

– Je pense que tu aimes que l'on craigne le mystère qui émane de toi, lâche-t-elle soudain, satisfaite d'avoir sûrement mis le doigt sur ce qui m'anime.

– Je n'ai pas envie de passer des heures à essayer d'expliquer. Je n'ai rien à expliquer.

– Si, Charlotte. Ton silence ne date pas d'hier. Certains voudraient comprendre pourquoi tu n'as rien dit. À l'école, par exemple.

– Ces gens-là ne savent pas, ne peuvent pas imaginer. Et il n'y a pas de phrases toutes faites pour expliquer pourquoi on ferme sa gueule.

Sandrine se rembrunit.

Au-delà de mes silences, lorsque je me mets enfin à parler, je sais qu'elle n'aime pas ma grossièreté. Ce qu'elle ignore, c'est que j'ai une inclination secrète pour les gros mots. J'ai une tendresse particulière pour les « merde » et les « putain », je trouve qu'ils sonnent bien dans ma bouche. Ils sont des coups de fouet que j'applique avec ma langue et j'aime les regards de reproche de ceux qui n'osent pas me dire ouvertement que mes lèvres sont sales de tant de grossièretés.

– Tu n'as pas intérêt à dire cela devant le juge, répond Sandrine, lassée de mon comportement.

– Pourquoi ? Il se dirait que je ne suis pas loin d'être comme mon père et il m'enverrait en prison pour se garantir de mes crimes à venir ?

– Tu n'es pas un monstre, Charlotte. Tu es une victime. N'oublie jamais ça. N'oublie jamais que tu es une victime.

Le voilà encore lâché.

Ce n'est pas comme si je ne l'entendais pas au moins trois fois par jour. Je suis une victime. Une victime. Victime.

Comme il claque bien dans la bouche !

Il retentit et se répercute, se cogne contre les parois des quatre murs puis vient se nicher au plus creux de nos bouches, bien au chaud, avant le prochain rebond, probablement dans votre bureau, monsieur le juge.

Comme je hais ce mot.

Que signifie-t-il ? Il suffirait de chercher sa définition dans n'importe quel dictionnaire pour être confronté à un abîme d'insatisfaction. Il est vrai que ce terme les gêne lorsqu'ils se retrouvent face à une fille à qui on a donné l'occasion de parler, mais qui ne l'a pas saisie. Il est vrai qu'ils se sentent soudain incomplets, tous ceux-là qui auront un jour à le prononcer : les juristes, les assistants sociaux, les académiciens qui abîment leurs vieux os à la création de nos dictionnaires. Je ne rentre pas dans les cases et cela gêne les psychologues qui tentent de concevoir quelque syndrome pour expliquer cette extraordinaire capacité : réussir à se taire pendant dix ans. Étais-je amoureuse de mon père ? Avais-je pris goût à cette vie sans contours ni relief ? Trouvais-je une satisfaction particulière à l'idée d'être une paria sans amis ? Éprouvais-je de la fierté à l'idée d'être une asociale à la peau terne et aux cheveux gras ? Tant de questions qui ne trouvent pas de réponse à cause de mon *silence*.

Je suis une victime.

Une victime détestée par d'autres victimes qui ont eu, elles, le *courage* de parler. Une victime gênante pour les bien-pensants qui s'imaginent à quel point ils auraient fait mieux que moi.

Moi je lui aurais fait du chantage.
Moi j'aurais tout dit à mes profs.
Moi je l'aurais tué depuis longtemps déjà.
Moi j'aurais profité des grands-parents pour avoir une nouvelle vie.

Tant de gens qui maîtrisent à la perfection l'art du « et si ». Tant de gens qui savent ce que doit être une victime. Peut-être vont-ils m'accoler une épithète pour expliquer mon extraordinaire silence. Victime consentante ? Il ne peut s'agir que d'acceptation lorsque l'on dort avec des chaînes pendant si longtemps, sans alerter quiconque. Ce n'est pas possible autrement, la normalité impose de trouver des explications plausibles.

Les victimes finissent toujours par parler lorsqu'elles ont dépassé le stade de la honte, car elles sont conscientes des injustices qu'elles ont subies. Voilà le schéma dans lequel je devrais logiquement entrer, mais auquel je n'appartiens pas.

Alors parle, nom de Dieu ! Parle !

Voilà ce que pense Sandrine, lorsqu'elle se confronte une fois de plus à ma nonchalance. Mais moi je sais que les victimes ne sont pas toujours celles qui parlent. Je sais que ce ne sont pas toujours celles qui aident les policiers à mettre les méchants derrière les barreaux. Je suis une mauvaise victime, puisque j'ai osé faire justice moi-même.

Circonstances atténuantes ? Bien sûr que oui, et je n'ai aucun regret. Je ne dis rien sur ce couplet-là, je n'éclate pas de rage devant mon éducatrice car, malgré tout, je l'aime, pour tout ce qu'elle fait pour moi.

En revanche, je tiens à la prévenir :

– Ne me sors pas le couplet sur la résilience, ou j'entre en autocombustion.

Sandrine sourit. Elle me préfère dans ce rôle-là. Mes blagues la réconfortent. Elle sait que malgré tout je m'accroche à la vie. À ma façon.

– Ne t'en fais pas, me répond-elle. Je ne te chanterai pas ce refrain-là, d'autant plus que tu en es loin !

C'est à mon tour de sourire.

Je ne suis pas vexée par sa réponse, car je me flatte de ne pas savoir composer avec les faiblesses qui font ma vie. Je me flatte de me vautrer dans ma souffrance et de ne pas tenter de lui échapper. Pour le moment, c'est la seule voie que je connaisse.

Un jour, je le sais, je ne m'y vautrerai plus, mais je n'ai pas envie que Sandrine m'entende le dire pour le moment.

« Donnez-moi autre chose que de la souffrance. »
Voilà ce que je vous écris, monsieur le juge.
« Promettez-moi autre chose que de la souffrance. »

J'ai treize ans.

Ma quatorzième année me laisse un goût de ceinturon et de fer dans la bouche. Il y a des souvenirs qui à eux seuls valent une année tant ils sont imprimés dans notre chair. Ils se révèlent à nous lorsque nous nous observons, nus devant notre glace, et que nous constatons la présence, l'éternelle présence, de la cicatrice. La cicatrice physique qui ne nous laisse pas le loisir d'oublier. Celle qui nous laisse comme un goût de terreur impossible à déglutir, parce qu'elle nous plonge dans un passé que nous ne pourrons jamais maîtriser. Il y a la cicatrice qui s'offre à nos yeux chaque jour que Dieu fait, au sortir du bain, au sortir des vestiaires du gymnase, et nous ne pouvons rien faire d'autre que la regarder, inlassablement la contempler.

Mes treize ans m'offrent cette cicatrice, et je l'observe un instant, le pantalon ouvert, pour ne pas oublier cette morsure-là dans ma chair. J'y glisse mon index pour savourer une énième fois le plaisir des reliefs et des creux dans ma peau, d'autant plus impressionnants qu'ils ont été creusés par la main de l'homme. Ma paume s'y attarde un instant. Je ferme les yeux, le temps de saisir la façon dont je vais m'y prendre pour vous donner à sentir, monsieur le juge, le goût du ceinturon dans la chair de mes hanches, dans la muqueuse de ma bouche. Je veux que vous sentiez dans votre gorge le sang qui a coulé dans la mienne, je veux que vous sentiez dans votre chair le trou que l'on a fait dans la mienne.

Mon corps sera vôtre l'espace d'un instant, et alors vous prononcerez votre sentence.

Nous sommes au milieu de l'année scolaire. La classe de cinquième ne me réussit pas. Les mathématiques et autres disciplines scientifiques me jettent dans un abîme dont je ne sortirai jamais. Les zéros s'accumulent ainsi que les menaces d'heures de colle si je ne commence pas sérieusement à me mettre au travail, mais je ne vois pas ce que je peux avoir à faire du carré de l'hypoténuse et du théorème de Thalès. Je m'en moque, et je préfère de loin laisser mon esprit divaguer durant ces heures où je suis censée comprendre comment s'élaborent les angles et les circonférences.

Mon esprit est littéraire. Définitivement littéraire. Pourtant je ne m'accroche guère plus à cet amour. Il m'arrive souvent de laisser mon esprit voler vers d'autres cieux où la vie est tout autre. Du coup, il m'est difficile de comprendre la moitié de ce qui se déroule pendant les cours.

Je sais que nous sommes au Moyen Âge. Aussi bien en histoire qu'en français, pratiquement tout tourne autour de cette période. Je tente de récupérer quelques bribes de conversation, attentive, subitement, lorsqu'il s'agit d'étudier les expansions du nom, les compléments circonstanciels, la fonction des adjectifs. Il y a en moi un paradoxe que je n'hésite pas à afficher : je me fous royalement de ce que l'on peut apprendre à l'école, mais j'éprouve un amour pour la grammaire qui me dépasse totalement.

Je ne suis jamais autant en phase avec le bureau, les craies et le tableau que lorsque le professeur de français nous parle de grammaire. J'entends les « oh », les « pff », les murmures désapprobateurs de la plupart de mes camarades qui meurent d'ennui dès qu'il s'agit d'en ingurgiter les règles, mais lorsque je vois Mme T. en écrire cinq ou six au tableau pour les analyser, j'ai conscience de ce qu'est une phrase. Je me sens bien. Je sens mon corps entier qui s'apaise et je les recopie avec application dans mon cahier pour en décrypter les mécanismes secrets. Je souligne les verbes, repère les propositions comme on nous a appris à le faire, j'essaie de retrouver la « nature » et la « fonction » de chaque mot, et je me rends compte à quel point cet exercice me procure un bonheur que je ne sens nulle part ailleurs. Je m'éveille au sens de la langue française. Je sens que tout est à sa place, que les mots aussi ont leur destin propre qui ne peut être changé et qu'il est impardonnable de laisser courir sur sa copie des fautes de syntaxe, parce que cela enlaidit la fonction inhérente à toute chose.

Je n'ai jamais rien compris aux lois mathématiques. En revanche, la loi de la nature, pour moi, se situe exactement là : chaque phrase a son fonctionnement propre, elle régule le chaos et participe à l'ordonnancement de notre conscience.

Et c'est sans surprise que les seules notes qui me permettent de ne pas tout à fait frôler le zéro de moyenne, sont celles qui sanctionnent les tests de grammaire. Mme T. a repéré ce curieux manège, et c'est avec un sourire qu'elle me baptise « mademoiselle Proposition subordonnée ».

Pourtant je ne me fais pas d'illusions.

Cet amour immodéré de la grammaire ne me sauvera pas d'un mauvais carnet de notes et d'une convocation en règle avec mes parents dans le bureau du chef d'établissement. Je sens mon cœur qui cogne dans ma poitrine à l'idée de devoir m'asseoir à côté de mon père, face à un directeur qui ne soupçonne pas le moins du monde ce qui m'attend une fois rentrée à la maison. Mon père dit : « Au revoir monsieur » et raccroche le téléphone en me lançant un regard plein de mauvaises promesses.

– Je peux savoir pourquoi ton collège me convoque ?

– Je ne sais pas.

Voilà ce que je parviens à balbutier, consciente de ce qu'on va étaler sous les yeux de mon père, parfaitement au courant de la situation, au demeurant. Mais il ne réagira qu'au sermon humiliant et accusateur d'un chef d'établissement qui ne comprend pas les mauvaises notes et un tel laisser-aller dans mon comportement.

Un tremblement parcourt mon corps lorsque j'entre dans le bureau, précédée de mon père faussement affable et qui affiche contre vents et marées son sourire éclatant dessiné par un dentiste aux doigts de fée.

– Asseyez-vous, je vous en prie.

On me serre la main, à moi aussi, et c'est comme un avertissement du destin. La paume se veut douce et rassurante. Je le sens qui cherche à comprendre d'où vient l'expression de terreur et de perdition qui s'affiche tout à coup dans mon regard. Peut-être pressent-il qu'il y a un problème : avec tant d'années d'expérience, il doit repérer au premier coup d'œil les familles où il se passe de drôles de choses. Mais il ne laisse rien paraître. Il ouvre mon dossier sous les yeux attentifs de mon père.

Papa se tient droit sur sa chaise, les mains posées bien à plat sur les cuisses, comme en ont décidé les convenances. De là où je suis, je vois ses chevilles qui tremblent sous la table, trahissant sa nervosité. Je sais que je vais le payer. Ses pieds me parlent et me disent qu'à la sortie, je vais morfler. Il affiche un sourire redoutable qui, je m'en rends compte, exaspère le principal. Il ne faut pas oublier que mon père est cadre supérieur dans une entreprise qui marche à merveille, et qu'il estime avoir toutes les raisons du monde pour regarder le directeur avec condescendance, lui qui a si bien su faire son trou dans la société. J'ai honte de constater qu'il proclame si ouvertement son mépris, puis je me prends à espérer secrètement que ce comportement indélicat me servira, que monsieur le principal aura un peu pitié de moi.

On frappe à la porte. Je vois entrer successivement la CPE puis le professeur principal, qui n'est autre que mon prof de maths. Je vais avoir chaud d'ici quelques minutes, et la présence de Mme T. pour saluer mes extraordinaires capacités de grammairienne m'aurait beaucoup aidée. Mais il n'y a rien pour moi, rien que des remontrances pour les mauvaises notes et mon comportement de plus en plus outrancier vis-à-vis de mes camarades et de certains enseignants.

Un instant je me laisse aller à imaginer ce qui aurait pu advenir si j'avais parlé, lorsque la CPE me l'avait demandé, quelques mois auparavant. Aurais-je été l'objet de toutes ces incriminations ? Non. Mon père courberait l'échine dans le bureau d'un magistrat – le vôtre peut-être, monsieur le juge –, et on saluerait mes capacités d'analyse grammaticale comme l'unique chose que je puisse faire après tant d'années passées à moisir dans une cave. J'observe la CPE et je la sens qui m'observe. Elle sait que rien ne va. Mais le moyen de parler lorsque la bouche d'un enfant reste aussi obstinément close ?

J'en prends mon parti et j'attends que la tempête passe.

Je ne me souviens plus de la teneur des paroles qui ont été prononcées ce jour-là. Le comportement de mon père fut ambivalent ; il a longuement hésité entre être sévère pour prouver qu'il était un bon père et être laxiste pour ne pas éveiller les soupçons sur ce qui se passait à la maison. J'ai le souvenir de la CPE qui le scrute, mais je ne sais si ce que je viens d'écrire est la vérité ou s'il s'agit de l'interprétation d'une enfant qui rêvait encore d'être sauvée sans avoir à dénoncer.

Nous nous levons. Moi, silencieusement. Lui, enchanteur et plein de promesses quant au changement rapide du comportement de sa fille.

J'ai peur. Une peur immense m'envahit. Je suis à deux doigts de renverser le bureau pour qu'éclate la rage primitive de mon père, et que tout le monde sache enfin quel satan se cache réellement derrière ce sourire de circonstance. J'ai tellement peur que je suis au bord des larmes. Je prends mon temps pour ramasser mon sac à dos, pour éviter de laisser couler mes larmes devant l'assemblée. Je ne veux surtout pas croiser le regard de la CPE, car il ne me sera plus possible de me contrôler. Je connais ce sentiment qui m'envahit. Ce sentiment qu'un carrefour s'offre à moi mais qu'il va disparaître à cause de mon silence obstiné.

Pourquoi ?

Pourquoi je ne parle pas ?

Je sors du bureau avec un « au revoir » à peine audible. Je regarde mes baskets pour éviter de laisser échapper ce qui presse de sortir. Je sais que mon comportement, à ce moment-là, peut être interprété comme la gêne d'une enfant prise en faute. En l'absence du moindre élément susceptible de mener ces adultes vers une conclusion plus dramatique, ils ne peuvent que me laisser partir, puisque je ne parle pas.

J'ai peur, j'ai peur. Voilà ce à quoi je songe lorsque je me dirige vers la voiture. Je sais le châtiment inévitable, je sais qu'il n'est pas besoin de parlementer, qu'il n'est pas permis de rêver à un autre dénouement. Je devrais me résigner et attendre sereinement la punition qui ne manquera pas de tomber. Mais j'ai peur, infiniment peur. Mon ventre se tord et je pense que je n'aurais pas dû manger le hachis Parmentier, à midi. Je ne contrôle plus les soubresauts de mon corps, plus j'essaie, plus ma respiration se fait saccadée. Si je pleure dans la voiture, je vais le mettre encore plus en colère, alors je ferme les yeux et imagine Arachné murmurant : « l'heure de la vengeance a sonné. »

Papa retire sa ceinture.

Son geste me semble si incongru que je ne comprends pas ce qu'il veut faire avec cette ceinture à la main. Je ne réalise pas que c'est pour moi, cela est impossible à envisager. Je vois simplement un bras qui se lève, et résonne en moi le bruit sourd qui frappe à chacune de mes tempes.

Un tambour fracasse mon crâne. Je réprime mes larmes, un goût de fer se glisse au fond de ma gorge. Instinctivement je lèche le coin de mes lèvres, j'avale ce sang qui s'en échappe. C'est le sang qui me réveille, et je réagis. Je viens de prendre un coup de ceinturon en pleine figure. Abasourdie, je ne vois pas le deuxième venir. Cette fois-ci c'est mon œil qui prend, et j'entends de loin en loin la voix de ma mère qui crie : « Arrête ! » Elle ne crie pas trop longtemps pour éviter d'y goûter, elle aussi. Je sens que je glisse à terre. Je rampe comme un ver qui cherche un trou dans lequel se nicher. Mes hanches s'agrippent au parquet et ma peau nue colle, je ne peux pas aller aussi vite que je le souhaiterais.

Un picotement aigu dans le creux de mon dos. Un autre sur mon bassin.

J'ai mal, je touche, mes yeux rencontrent mes doigts tachés de sang.

C'est moi qui saigne, mais je n'ai pas tellement mal. Je songe à ramper plus vite, ma cave me semble un trou acceptable dans lequel me terrer.

Un bruit de fracas sur le parquet, juste à côté de moi, je crois comprendre que mon père vient de me louper. J'ai mal au doigt, et, tout en ondulant, je constate qu'un ongle est arraché. Elle est encore loin cette cave, alors qu'elle est là, je la vois.

Mais je n'ai pas le temps de m'apitoyer car je décolle du sol. C'est mon père qui me soulève pour exaucer mes souhaits. Il me traîne dans l'escalier – entre deux foulées, je constate que j'ai mal au dos. Enfin je suis sur le lit, et je me fous des chaînes qui s'enroulent autour de mon bassin, du moment qu'il range son ceinturon.

Je tourne la tête. Il est sur le point de remonter les marches lorsqu'il stoppe net, les yeux rivés sur ma table de nuit. J'ai compris ce qu'il va faire, pour une fois j'ai anticipé et j'ai envie de crier. Il attrape mon livre, mon livre si cher dont j'ai encore le temps de savourer le titre : *La Religieuse*.

Je l'entends qui prononce sa mélopée :

– Pour aimer lire, encore faut-il aimer apprendre. Puisque tu n'aimes pas apprendre, alors tu n'aimes pas lire.

À mes cris de colère se mêle le bruit des pages qu'il déchire. Je vois mes mots, mes phrases, mes paragraphes arrachés sous mes yeux. Je crie tant que j'en oublie que je pourrais alerter tout le quartier. Je crie la douleur de la Religieuse qui est la mienne, pour d'autres raisons. Je crie cette folie de déchirer un livre alors qu'on se prétend intelligent, cultivé et civilisé. Je crie sa volonté farouche de détruire sa fille, sa volonté de lui arracher le cœur et l'espérance, lambeau par lambeau. Je ne comprends pas.

Je ne comprends pas ce qu'il y a de mal à aimer lire, quand bien même le mot « école » ne fait plus partie de notre vocabulaire. Je ne comprends pas pourquoi mon livre est éventré, ses feuilles éparses sur le sol froid de ma cave. Je n'imagine pas ma vie sans livres, ils sont à peu de chose près tout ce qui me tient debout. J'aime lire. J'ai le droit d'aimer lire. Mes vieilles idées de chantage reprennent le dessus. « Attention, papa ! Si tu déchires mes livres, je vais parler, moi ! Je vais parler ! » Mais, prisonnière de mes chaînes, je me contente d'observer son sourire satisfait.

Ce qu'il ignore, c'est que ce livre, je l'ai lu deux fois, alors il peut le déchirer, le brûler, le tremper, les mots de Diderot sont ancrés au fond de moi, je connais l'histoire de la Religieuse par cœur. Mais le calvaire a assez duré pour aujourd'hui, je m'arrange pour paraître aussi désespérée que possible. Le ceinturon m'a volé trop de ma peau, et il n'est pas question que je lui en laisse un autre morceau.

Ce qu'il ignore, mon père, c'est que désespérée, je ne le suis pas.

Je n'ai pas la moindre idée des forces qu'il me reste, mais, ce que je sais, c'est qu'il ne m'a pas totalement abattue. Malgré la douleur dans mon corps, je ne me sens pas désemparée. J'éprouve simplement une extraordinaire injustice pour ces morceaux de moi qui vont désormais me manquer, et, comme la Religieuse, je prends mon mal en patience, me contentant benoîtement d'espérer des jours meilleurs.

« Savez-vous ce que c'est, un trou dans la chair ? »
Voilà ce que je vous écris encore, monsieur le juge.
« Avez-vous dû, vous aussi, faire le deuil d'un morceau de votre chair ? »

Cette nuit-là, j'ai rêvé.

Papa m'a laissée dans ce lit à partir de six heures du soir. De la fenêtre de ma cave, je peux entendre les cris des enfants qui jouent au ballon sur le trottoir d'en face. Je les entends qui rient en jouant à la balle au prisonnier, il fait beau. Je me demande si j'aurai au moins le droit de manger. J'imagine ce que maman est en train de préparer, et, surtout, j'imagine à quoi elle peut bien penser, avec un couteau dans la main pour découper des quartiers de tomate ou des carottes en rondelles. Éprouve-t-elle la secrète envie de s'en servir pour trancher autre chose que de la viande et des légumes ? En aurait-elle le courage ? Viendrait-elle panser mes blessures, ou est-ce encore trop attendre ? Ma hanche et ma cuisse me font mal, les lancées sont de plus en plus fréquentes, et je me demande si les plaies vont s'infecter. Cela pourrait être une bonne solution : papa serait obligé d'appeler l'hôpital. Ils en feraient une drôle de tête, les ambulanciers, à me voir ainsi prostrée !

Je sens la faim qui doucement s'installe en moi. Il est tard, et papa n'a probablement pas envie de voir mon visage durant son dîner. C'est alors qu'on frappe à la porte. Je suis certaine qu'il s'agit de ma mère : il n'y a qu'elle pour pousser un respect incongru jusqu'à frapper à la porte d'une cave dans laquelle sa fille est attachée. J'en rirais presque, mais j'ai faim et j'ai mal, et nulle autre sensation n'est acceptable pour le moment.

Maman descend les marches à pas de loup. Elle n'a pas l'esprit tranquille. Il est difficile pour elle de soutenir mon regard, elle s'applique à nettoyer délicatement les plaies sur mon corps. Je la regarde poser une serviette propre sous moi, je me rends alors compte que mes draps sont souillés et qu'elle tente comme elle peut d'éviter que je m'endorme dans mon sang. Charmante attention, mais j'aurais préféré qu'elle m'apporte quelque chose à manger : les cris de mon estomac me dérangent plus que mes draps ensanglantés.

– Tu as fait quoi à manger ?

C'est plus fort que moi, il faut que je la pousse dans ses retranchements. Il faut que je triture ce qu'elle a dans le ventre.

– Une moussaka maison.

– Il en reste pour demain ?

– Non. Ton père a tout mangé.

Salope.

Je ne le prononce pas, ce mot, qui meurt dans ma bouche car je m'aperçois presque aussitôt que je l'aime encore. Il a préféré se faire péter le ventre plutôt que de me laisser une chance d'en grappiller quelques miettes. Maman accepte. L'acceptation est le seul mot qui soit gravé dans sa chair. Maman a pour fonction d'accepter sans broncher tous les maux qui s'abattent sur elle, et sur moi. Maman ne sait rien faire d'autre que s'incliner devant chaque parole que mon père a la bonté de lui adresser. Elle est plutôt gentille d'avoir pris le risque de m'appliquer des pansements alcoolisés sur la hanche et la cuisse.

Je tente une ultime approche :

– Il a déchiré mon livre.

Maman baisse les yeux et remarque que quelques pages sont venues se coller sur la plante de ses pieds.

– Je suis désolée.

Je ne doute pas de sa sincère sollicitude, mais ce n'est pas cela qui me consolera, moi. Mon ventre est vide et mon livre, déchiré. En regardant son dos voûté, ployé sous sa soumission, je me dis que c'est ça, ma vie. Un ventre vide, un trou de ceinturon dans la hanche, un livre éventré qui traîne sur un sol pas très propre.

Je songe un instant à ce que doivent faire les adolescentes de mon âge au moment où ma mère est en train d'entourer ma cuisse de compresses stériles. Il est aux alentours de huit heures. Probablement sont-elles encore à table, ou sur le canapé du salon, à regarder les informations en compagnie de leurs parents. Peut-être sont-elles déjà couchées sur leur lit, avec leur baladeur mp3 dans les oreilles, un livre ou un magazine à la main, moulées dans leur pyjama. Je cesse car cette pensée me déchire plus sûrement que la sensation de la faim. Je ne veux plus une seconde imaginer ce qu'aurait pu être ma vie, ce que devrait être ma vie. Je ne veux pas savoir ce que je pourrais être à treize ans, dans une chambre digne de ce nom et ma chair intacte.

Il n'y a plus d'éclats de rire dans la rue. Les enfants sont à l'abri chez eux, forts d'une confiance inébranlable en leurs parents. Mon père ? Me faire du mal ? Jamais !

Maman repart comme elle est venue, sur la pointe des pieds.

La honte la courbe chaque jour un peu plus. J'aime cette idée, car il ne serait pas juste qu'elle puisse dormir sur ses deux oreilles. Je la veux qui ne dort plus la nuit. Je la veux cernée jusqu'au bas des joues à force d'enchaîner les nuits blanches. Si je vois alors la culpabilité dévorer l'intégralité de son corps, peut-être que mon amour pour elle ne s'éteindra pas tout à fait.

Moi je ne connais pas les nuits blanches.

Je dors d'un sommeil de plomb, ou bien je rêve. Des rêves toujours plus âpres. Des rêves toujours plus sombres.

Cette nuit-là, j'ai rêvé.

J'ai rêvé de ce livre que l'on a détruit. La Religieuse a pris sa place dans mon corps pour me donner à goûter toutes ses larmes. Je n'étais pas elle, pourtant, j'étais bel et bien moi, abandonnée au pied d'une église. Je me souviens de la lourde indifférence autour de moi. Chacun passait, bons pères de famille et grenouilles de bénitier. Chacun allait se recueillir auprès de ce Dieu si cher, sans un regard pour celle qui gisait à ses pieds, sans un sourire, sans un geste d'empathie.

Elle me transperçait, cette peine. Elle montait, et m'emprisonnait. Mes fesses contre le pavé et les genoux recroquevillés, mon existence s'achevait là, à l'ombre des gens heureux et braves. Je ne voyais pas le moyen de me relever et de tenir encore sur mes jambes, face à la horde de ces gens simples et à la moralité irréprochable. Il m'était impossible d'imaginer vivre, et mes larmes coulaient, abondantes.

Leurs yeux ne se tournaient pas vers moi, ceux de ma mère, ceux de mon père où, depuis longtemps, la moindre lueur d'amour s'était éteinte. Je ne savais que pleurer pour ne pas étouffer. Tous ces gens prenaient fait et cause pour un homme bien sous tous rapports, et ne pouvaient imaginer, dans mon rêve empreint de réalité, que la petite fille assise là pût ne pas mériter ce qui lui arrivait.

J'ai rêvé ma colère, ma révolte, les prémices de ma rébellion.

Je me souviens m'être réveillée au beau milieu de la nuit, secouée de sanglots et la gorge sèche. J'avais une soif que je ne pouvais pas étancher, puisque seul mon père détenait la clef pour me libérer de mes chaînes. Animée par l'injustice qui habitait mon rêve, je me suis mise à hurler de toutes mes forces. Que m'importait d'éveiller à nouveau la fureur de mon père, d'alerter les voisins au point qu'ils décident d'appeler la police.

Je voulais boire, boire seulement.

La porte de la cave s'ouvrit d'un coup sec. Au bruit du pas lourd que j'entendis dans l'escalier, je compris que c'était mon père qui se précipitait. Ce n'était pas pour me consoler. Il se pointa, les yeux encore embués de sommeil et les poings serrés, prêt à cogner. Cette petite conne, le réveiller au beau milieu de la nuit avec des hurlements de chimpanzé !

– C'est quoi, ces cris ?

– J'ai soif.

– Quoi ?

– J'ai soif.

Je me souviens avoir répondu aussi sèchement que lui. La soif, cette nuit-là, m'empêcha d'avoir peur. Je ne crois pas que cela joua en ma faveur. J'avais l'intime certitude qu'une marque d'autorité de ma part était ce qu'il attendait pour s'accorder encore une fois le droit de me réduire au silence.

– Tu l'auras ton verre d'eau. Mais tu arrêtes de crier comme une louve affamée ! Tu vas réveiller tout le quartier !

Je me souviens du sentiment de force qui m'envahit à cet instant-là. Ce sentiment de force dont je ne fis rien. Les voisins ? Ils te font peur, hein, les voisins ! J'aurais pu lui démontrer que la parole était ma force, et rien que la mienne. Mais j'avais soif, et un verre d'eau, cette nuit-là, me suffit amplement.

Je bus, et ne fis rien d'autre que boire.

« J'étais réduite à des besoins. »

Voilà ce que je vous écris encore, à vous, monsieur le juge, qui me lirez tout à l'heure.

« Des besoins primaires, mon instinct de survie : le prélude à ma rébellion. »

J'ai quatorze ans.

Le cours d'éducation civique ne s'est pas bien déroulé, et visiblement l'opinion de la classe à mon égard ne s'est pas améliorée.

Le professeur a eu l'excellente idée d'organiser un débat autour de la vengeance et de la justice. Rien de mieux pour susciter les rixes et les éclats de voix. Il a disposé les tables en rond, pour que nous puissions nous voir tandis que nous « argumentons ». Pour nous voir, nous nous voyons ! Nous nous jugeons, nous nous invectivons, en nous regardant de travers et en nous balançant sur nos chaises, trop jeunes que nous sommes pour supporter les avis contraires aux nôtres.

Jusqu'à un certain moment, la séance se déroule plutôt paisiblement : c'est l'ambiance ordinaire d'une bande d'adolescents qui se chamaillent autour d'un sujet précis. Il y a les « je ne suis absolument pas d'accord ! », les « N'importe quoi ! », et les « Tu sais pas de quoi tu parles, bouffon, va ! », que le prof recadre. Et puis il y a moi, au milieu. Moi qui ne m'accorde pas au décor. Moi qui affiche l'air de celle qui n'est pas concernée.

Notre participation compte pour la note de fin de trimestre. Je sais bien que, pour une fois, si je veux obtenir une note pas trop mauvaise, il va falloir que je m'autorise à parler, éventuellement pour raconter des fadaises auxquelles je ne crois pas. Pour paraître un peu plus normale aux yeux des autres, pour éviter encore une fois de me faire remarquer.

Mais je ne sais pas.

À un moment donné, je sens les regards qui convergent vers moi. On accepte de m'oublier, parfois, mais dans l'ambiance électrique et survoltée que le professeur n'a pas toujours su contenir, ma raideur et mon silence buté commencent à en intriguer quelques-uns. Fatalement, le professeur m'invite à prendre la parole. Que puis-je dire à une bande d'adolescents qui pour la plupart ignorent ce qu'est la véritable souffrance ? Sentent-ils le gouffre qui nous sépare, eux et moi ? Ils ne connaissent pas le goût amer du regret et de la vie qu'on abandonne peu à peu. Ils ignorent le sens véritable des mots « perte d'identité ».

Pour eux, la vie se situe quelque part au milieu de leurs préjugés, et c'est normal, je devrais être comme eux. Je ne devrais rien connaître de cette douleur, je devrais moi aussi me réfugier dans le confortable « à leur place, moi j'aurais fait ça ! ». Je ne sais pas alors que ma propre vision est faussée. J'ai érigé moi-même mes propres préjugés, puisque j'estime que quiconque ne souffre pas est un plouc qui n'a pas le droit de penser. Je n'ai pas encore compris que toutes les douleurs se valent et qu'un enfant qui pleure son chat mort a des larmes aussi brûlantes, dans son désespoir innocent, qu'une gamine qui pleure sa chambre et sa peau. Mon âge me donne le droit de penser que je suis l'élue de la tristesse, la plus à même de parler de souffrance et de vengeance, et que quiconque me contredit se retrouvera avec une mâchoire brisée.

Mon silence et mon regard sombre laissent croire qu'encore une fois je joue un rôle. Le rôle de la fausse solitaire qui, au fond, adore attirer l'attention. En fait, je sais que mes propos pourraient les choquer et les amener à me rejeter un peu plus.

Que connaissent-ils de la vengeance ? On en revient toujours à ce fameux statut de victime que chacun croit maîtriser. On en revient toujours à ce qu'il serait bien de faire ou de penser.

Mon silence devient gênant, et le prof met les deux pieds dans le plat :

– Et toi, Charlotte ? Tu n'as rien dit. Que penses-tu de ce que Quentin vient d'affirmer ?

Je n'ai aucune idée de ce que ce cher Quentin a pu affirmer, car je n'écoute plus depuis un moment. Mais je me garde bien de l'avouer. Cela ne ferait pas plaisir à une partie de la classe qui me ferait remarquer à quel point je suis une égoïste chieuse et vachement prétentieuse. Le prof, qui a l'habitude de ce genre de décrochage au sein de ses cours, me remet sur les rails en résumant la situation :

– Quentin disait que la vengeance est le plat du pauvre – pour reprendre ton expression, Quentin –, et qu'en tant que victime, il faut évidemment avoir le courage de prévenir la police.

Ah, les adolescents de quatorze ans issus de bonnes familles et leur assurance pleine de certitudes face à la vie ! Pour un peu, cette remarque me ferait sourire ! Je pourrais répondre quelque chose du genre « Quentin est un gros con qui a le privilège d'être très heureux ! », mais cette réponse ne serait comprise par personne. Au lieu de cela, je lâche une affirmation que je n'aurais jamais dû énoncer à haute voix.

Parce que cela m'aurait évité le jugement.

Parce que cette pensée commençait à peine à effleurer mon entendement que déjà elle passait la barrière de ma bouche.

– Il y a une autre solution : le suicide.

Une vingtaine de paires d'yeux me scrutent comme si je venais de débarquer de la planète Mars, manifestant des pouvoirs dont ils n'avaient jamais entendu parler.

– Explique-toi, me reprend le charmant M. Étienne dont le regard pétille de curiosité.

– Parfois, il est impossible de parler, et la vengeance demande une énergie faramineuse que l'on ne possède pas toujours. Alors, le mieux, c'est d'en finir.

Éclatent alors des « N'importe quoi ! » un peu partout autour de moi. Je m'en moque, je ne les écoute pas, une autre pensée m'obsède, tout à coup. Je ne comprends pas pourquoi j'ai dit cela. Est-ce que je porte l'idée du suicide au fond de moi sans en avoir eu conscience jusqu'à présent ? Je suis probablement la plus surprise de ce que je viens d'énoncer : je ne savais pas que ce qui allait sortir de ma bouche serait précisément ces mots-là.

Le prof m'observe plus attentivement qu'il ne le faisait jusqu'alors, comme si je naissais à son regard. Je n'aime pas cela. Je connais la sagacité de certains enseignants entraînés à lire entre les lignes, j'ai peur d'en avoir trop dit. Aussitôt je me referme. M. Étienne ne me demande pas de poursuivre, car il est clair que je ne dirai plus rien. Le cours s'arrête, et ma réputation en sort un peu plus entachée. Je me dis que c'est un moindre mal, que les choses n'iront pas plus loin.

Je comprendrai plus tard à quel point il faut se méfier du don de double vue de certaines personnes.

Cette fois-ci, je ne suis pas convoquée par la CPE, mais par l'assistante sociale du collège. Une charmante jeune femme blonde à la langue bien pendue ; dans une autre vie, j'en aurais peut-être fait une amie. Elle est dynamique et certaine de son bon droit ; elle, elle connaît les adolescents perturbés qui n'ont rien d'autre à faire que parler. Cependant, le procédé n'a guère changé depuis l'époque où c'était la CPE qui m'avait invitée à me répandre. Elle m'observe avec un air de bienveillance qu'elle a dû travailler devant son miroir, pour apprivoiser les adolescents qui pénètrent dans ce bureau. Elle croise les doigts sous son menton, ils forment une pointe qui souligne sa lèvre inférieure, pour m'inviter à parler. Pour un peu, je tomberais dans le panneau, tant elle apparaît sympathique.

Mais je suis rodée, rompue à ce genre d'exercices à présent. Il m'en faut plus pour succomber. Je me laisse malgré tout envelopper par la douceur qui émane de son visage, et son bureau me semble tout à coup un antre sacré où l'on protège les secrets, un antre suave et protecteur où les mots ne meurent jamais, sans pour autant se répercuter à l'extérieur de ses murs feutrés. Je me sens protégée, et je sais à quel point il peut être dangereux de se sentir protégée, car la parole devient alors libératrice. Il en faudrait peu pour que ma langue se délie. J'imagine à quel point tout changerait.

Je sens le poids de mes mots, ce que signifiera le comportement que je vais adopter et ce qu'impliquerait mon abandon. J'ai l'impression de faire un bond en arrière et de me retrouver à ce même carrefour qui me décapite ou me serre dans ses bras. Quelle fatalité me pousse donc à choisir la décapitation ?

Pourtant, les perspectives ont changé depuis mon dernier rendez-vous avec la CPE.

Je le sens, certaines certitudes ont été éboulées, se sont écrasées, disloquées. Dans cette pièce qui a dû entendre tant d'infâmes secrets, je ne suis plus qu'un pantin désarticulé qui cherche du regard où peuvent se cacher tous ses morceaux.

– Tu me sembles perdue, tout à coup.

Elles savent y faire, ces professionnelles. Elles savent enrober leur interrogatoire d'un peu de miel et de quelques caresses. Je ne vais pas m'en sortir sans égratignures cette fois-ci. J'ai l'habitude des bleus, mais je n'aime pas avoir à me les faire moi-même. Pour gagner un peu de temps, je réclame un verre d'eau, mais elle tente de me surprendre.

– Je vais te servir un petit café plutôt, tu en as besoin. Mais tu ne le dis à personne surtout !

J'esquisse comme je le peux un sourire fabriqué, parce que je lis les efforts qu'elle déploie pour réussir là où la CPE a échoué. Tout le monde semble convaincu qu'il se passe quelque chose dans ma vie, mais personne ne peut en avoir la certitude tant que l'un de ces petits malins n'aura pas réussi à me faire cracher le morceau. Aussi rivalise-t-on d'imagination pour percer les mystères de l'adolescente qui oscille entre timidité maladive et provocations à l'égard des professeurs.

À présent, le café est censé créer cette sorte de connivence entre « grandes ».

– D'accord.

Je joue le jeu. Après tout, j'ai le droit de tirer profit de tout ce que l'on déploie autour de moi pour me faire plaisir.

– Crois-tu qu'un jour, tu seras prête à nous parler ?

Voilà une approche qui me plaît plus. Davantage de douceur. J'ai un peu moins l'impression d'avoir un flingue braqué sur la tempe par une voix qui m'intime l'ordre de parler. Je bois mon café à petites gorgées. Parce que je n'ai pas l'habitude de cette boisson qui m'est totalement interdite à la maison, et puis le temps que je mettrai à boire m'accorde un répit. La situation est facile et acceptable, le temps de grappiller quelques minutes pour faire le point avec moi-même. Vais-je parler ? Vais-je enfin tout dire ? Autant de signes du destin, ce n'est pas pour rien, la vie elle-même m'ordonne de tout dénoncer. Pourquoi diable y a-t-il toujours cette force qui m'empêche d'aller au bout de mon courage ? Cette main incontrôlable qui m'empêche de me vautrer une fois pour toutes dans mon lit de souffrance, de l'exposer à la face du monde, et de cueillir une fleur au milieu de ce champ de boue ?

J'ai dans mon ventre un insecte que mon père a fait grandir, et qui me lance une décharge électrique chaque fois que je m'autorise à penser que la libération serait possible. Cet insecte est à la solde de mon père, c'est certain. Il sait absolument tout. Il contrôle à distance la moindre de mes paroles. Dans ce moment d'extrême indécision où je bois mon café pour tenter de le noyer, l'insecte prend plus de pouvoir. Il grandit en moi et vient se nicher au creux de ma gorge, de manière à former une boule impossible à déloger et qui m'étouffe. Je ne pourrai pas parler.

Je reste muette, les yeux plongés dans le fond de ma tasse où mes larmes se dissolvent. Pour autant, malgré l'absolue certitude qu'encore une fois je ne vais pas parler, j'ai moins de scrupules à l'idée de redresser mon visage vers l'assistante sociale pour montrer mes traits dévastés par les larmes. Je lui montre ostensiblement le creux de mes cernes noirs et le plein de mes joues rouges et trempées. Mes lèvres tremblent : c'est libérateur.

Mais je ne parlerai pas. Non, jamais.

Désormais rien n'y fera. Je peux pleurer, gémir, trembler, montrer l'étendue de ma perdition physique, mais il n'est pas question que je gaspille mon peu d'énergie en paroles.

L'assistante sociale me tend une boîte de mouchoirs. Son geste est si lent que je sens combien elle-même ignore comment agir avec moi. Il y a quelque chose chez cette petite. Mais quoi ?

– Ne t'inquiète pas, on fera autrement.

J'écoute ses mots sans en mesurer l'importance, j'ai l'habitude des choses immuables. Rien ne change jamais pour moi. Je ne fais pas attention au ton solennel qu'elle prend soudain, un ton qui aurait dû m'alerter.

« L'indicible, l'innommable. »
Voilà ce que je vous écris, monsieur le juge.
« Connaissez-vous cette peur si instinctive qu'elle en capture vos mots ? »

Une semaine passe avant que quelqu'un exprime sa « vive volonté » de parler à mes parents.

Un homme entre chez nous. Il tient un dossier jaune à la main et promène son regard circulaire sur l'ensemble de la maison. Il s'approche de moi et me serre la main, lui aussi. Apparemment, c'est une habitude chez les adultes : lorsqu'ils vont à la rencontre d'un enfant qu'ils considèrent comme « problématique », ils lui serrent la main. J'accepte donc sa main tendue, non sans un regard vers mon père qui me surveille, ce que M. T. semble avoir remarqué. Il arbore un air décontracté qui sonne faux. Cet air qui se veut enjoué et rassurant donne l'impression que tout est joué d'avance. Je suis défaitiste, certainement, mais j'ai l'habitude de ces histoires prémâchées qui se terminent toujours de la même manière.

Nous nous installons dans la cuisine, autour de tasses de café et de biscuits car maman met les gens dans sa poche en leur montrant ses qualités d'hôtesse. Je prends le temps d'observer mon père qui s'est installé en face de M. T., et son regard m'inquiète. Aucune colère, aucune agitation particulière dans ses prunelles sombres. Je me rends compte que la venue de cet homme ne l'affecte pas le moins du monde. Cela devrait l'inquiéter. Mais non. Rien dans son comportement ne laisse deviner ne serait-ce qu'une légère angoisse à l'idée de perdre le contrôle. Il est serein, affable et décontracté.

La haine me monte aux joues.

– Que nous vaut l'honneur de votre visite ?

C'est de cette manière qu'il débute les hostilités : il étale sa courtoisie et des manières qui se veulent aristocratiques. Puis il plonge ses lèvres dans sa tasse de café, je reconnais là le seul geste d'impatience et d'agacement qu'il est susceptible de montrer. Du comportement de mon père, M. T. ne verra pas plus. Il ignore quelle redoutable efficacité habite mon géniteur lorsqu'il s'agit de gérer en maître les dangers. Il ne sait pas à quel point mon père est passé pro dans la façon de berner son monde, pour ne montrer de lui que le bon père de famille et le mari attentionné.

Remonte alors mon rêve, celui qui a suivi la perte d'un morceau de ma chair.

Le chantage.

J'ai encore dans la bouche le goût du sang et du sel de mes larmes. J'ai, imprimé en moi, le sentiment d'abandon de la part des adultes qui ne me considèrent pas plus qu'une poupée de chiffon. Papa va jouer de son art à la perfection, il sera inutile d'aller pleurer au pied d'une église. Personne ne peut rien pour moi.

– Vous le savez, monsieur, nous en avons parlé plusieurs fois au téléphone déjà. Nous avons fixé cette date ensemble.

– Effectivement.

Je ne sais pas à quoi joue mon père, mais je comprends que les services sociaux sont sur le qui-vive. Je vois mes larmes dans le bureau de l'assistante sociale, j'entends ses mots ; cette autre solution dont elle m'avait parlé. Immédiatement l'alarme s'active. C'est moi qui ai provoqué cette visite. Je n'ai pas su taire mes émotions, et maintenant maman tremble comme une chèvre en tentant de remplir une tasse de café sans en renverser la moitié. Maman est pitoyable dans ses tentatives de « normalité », et son pauvre sourire effacé fait peine à voir.

– Et toi, jeune fille. Comment tu vas ?

J'ai envie de le frapper, d'avoir osé me poser une telle question devant mon père. Mes yeux doivent clignoter tant j'ai peur des signaux que je pourrais involontairement émettre. Papa me regarde comme si de rien n'était. C'est cruel de me poser une question aussi ridicule à laquelle je ne pourrai jamais répondre. L'injustice me tord les tripes. L'ignominie de ce piège me donne envie de retourner la table, histoire de faire participer M. T. à l'ambiance familiale. Je n'en fais rien, évidemment, je me contente d'observer mon père qui sourit de toutes ses dents, et qui m'invite à faire de même.

– Vous souhaitez certainement voir le lieu réservé à notre fille, dit-il, d'une voix affable et dépourvue de chaleur, en se levant de sa chaise.

– Oui, j'aimerais me faire une idée des lieux.

Je comprends. Immédiatement je comprends.

La visite ne passera pas par la cave. L'idée même de passer devant la porte pour monter l'escalier menant aux chambres me fait sourire. J'ai saisi ce que mon père a eu le temps de préparer. Mon cœur palpite à l'idée de ce que je vais trouver, cette fois-ci. L'impatience m'envahit à l'idée que mon père ait encore une fois réussi un coup de maître. Pourquoi parler ? Il sait si bien faire les choses qu'il n'y a plus qu'à se laisser porter.

Ma chambre.

Quel drôle de mot.

Ma cave, oui, voilà une réalité à laquelle je peux m'accrocher. Le mot « chambre » est si mystérieux que je m'interdis d'y songer. Tout ce que je souhaiterais y mettre, derrière ce mot ! Tant de confort et de douceur adolescente. Tout ce que je ne connais pas et que je voudrais connaître. Mon père ouvre la porte comme si de rien n'était. Le plus naturellement du monde. M. T. est charmé par cet aplomb tranquille. Il ne remarque même pas le pli de surprise qui barre mon front. Ils entrent dans ma chambre, que je vais être forcée de découvrir une nouvelle fois, avec son lot de trésors que mon père se sera amusé à étaler.

Je ne me suis pas trompée.

Je les suis, et je me rappelle tout à coup que je suis une adolescente. Ce que j'y vois me coupe le souffle. D'un mouvement circulaire, je balaie la pièce du regard. J'y vois pêle-mêle une télévision, une petite chaîne hi-fi, une coiffeuse près de la fenêtre… J'en ai tant rêvé, de cette coiffeuse ! Elle est en bois blanc, garnie de tiroirs et d'un beau miroir central pour me coiffer soir et matin. Une coiffeuse que j'aurais pu montrer avec fierté à mes camarades ravies, jalouses et émerveillées.

Elle a dû coûter cher. Je ne vois pas l'intérêt d'acheter un tel meuble qui ne servira jamais, à personne. Je sais que mes yeux ne se poseront qu'une seule fois dessus. Je sais que je ne la reverrai jamais. Mon père rit discrètement en plaisantant sur les goûts dispendieux des adolescentes. Au milieu de ces éclats de joie, personne ne remarque à quel point je me sens étrangère à ce luxe pour jeune fille privilégiée.

Papa a l'argent mignon.

Tant de billets dépensés dans ces objets volumineux que nul n'a touchés ni ne touchera. Puis un détail frappe douloureusement ma conscience. Sur le rebord de la fenêtre, il y a un pot de fleurs. Petite touche qui sent la féminité. L'ultime preuve qui me soulève le cœur : la participation de ma mère à cette mise en scène, avant l'arrivée programmée de M. T. Maman est entrée dans ma chambre et l'a habillée. Maman descend faire le ménage dans ma cave et décore au passage une chambre qui est censée être celle de sa fille.

C'est de la trahison.

Maman, maman qui m'a portée pendant neuf mois et qui m'a donné le souffle pour vivre une vie dont je ne sais que faire. Maman sert les desseins de son mari, et qu'importe s'ils se trouvent être en totale contradiction avec le bonheur de sa fille. Elle a oublié le poids qui était le mien lorsqu'elle me portait dans son ventre. Je n'oublierai jamais cette journée. Rien n'effacera l'idée que ma mère a nié son instinct maternel. Dans mon innocence, je m'étais dit qu'une femme pouvait, à la rigueur, encaisser les coups sans broncher, en revanche, on m'avait laissé croire que son corps s'étirait comme celui d'une lionne prête à lacérer ceux qui s'attaquaient à ses petits. On m'a trompée. Je me suis trompée, alors je ne serai jamais mère.

À quoi bon sentir les battements du cœur d'un enfant quand il est encore sa chair et son sang, si c'est pour le renier lorsqu'il est en âge de marcher seul ? À quoi bon, si c'est pour l'abandonner à ses cauchemars et à son néant ?

L'éclat de rire de mon père m'arrache à mes divagations. Décidément, il en fait trop, mais cela fonctionne à merveille sur un M. T. rassuré à l'idée de ne pas avoir mis les pieds dans une famille où l'on maltraite les gamins. Tout semble aller pour le mieux, pour lui, et je sais qu'il n'ira pas jusqu'à ma cave. Jamais il n'aura idée de son existence. Si j'extrapole, et si un jour la vérité éclate, alors M. T. se mordra les doigts pour ne pas avoir voulu voir.

Mais nous n'en sommes pas là, et M. T. s'en retourne solennellement vers ses bureaux, pour concocter un rapport qui sera sans doute élogieux. Il aura remarqué l'exubérance de mon père, mais est-ce de cela dont il avait à témoigner ?

Aucune preuve de ce que je subis. Alors à quoi bon me battre contre des moulins à vent.

Papa referme la porte après avoir accordé une franche poignée de main à l'assistant social. Le sourire amical s'éteint brutalement, il va falloir, maintenant, sévir car les services sociaux ont humilié notre famille et pénétré notre maison, « à cause de moi ». Un homme qui jouit d'une aussi solide réputation, se retrouver nez à nez avec un fouille-merde qui vient s'assurer que l'ordre règne chez lui, sans qu'un martinet trône dans le living?

Étrangement, mon père est calme.

C'est ce qui me terrifie le plus. Je préfère les coups de sang. Violents, rapides et sans fioritures. Il n'y a pas de stratégie dans une crise de colère que l'on peine à contrôler. Il n'y a pas à faire preuve d'imagination car c'est frapper qui est libérateur, non le fait de varier le rythme de sa frappe. Et sa colère froide, froide et distante, m'offre la certitude qu'il va se délecter à déployer sa vengeance vers des sphères qu'il n'a pas encore explorées. Je lis dans son regard que je ne me trompe pas. Bleu d'acier, il se pose sur moi, sans amour, vide de sentiment.

– Suis-moi.

C'est la seule parole qu'il prononce. Il m'ordonne de le suivre et j'obtempère, je n'ai rien à faire d'autre qu'obtempérer. J'accepte d'autant plus volontiers qu'il ne semble pas vouloir m'agripper par les poignets ou par les cheveux, ce qui signifie que, pour une fois, son envie de destruction n'est pas dirigée contre moi.

Nous montons à nouveau les marches, et il me mène dans la chambre d'ado que je ne croyais plus revoir, du moins pas avant le changement suivant qui viendra un jour, puisqu'il est indispensable de la maintenir en permanence à la dernière mode. Il m'y fait entrer et ferme la porte derrière moi. Mon cœur bat à tout rompre car je ne comprends pas ce qu'il attend : son imprévisibilité me fait peur.

– Tu vois tout ça?

– Oui, trouvé-je la force de répondre, animée une fois de plus par l'espoir.

– Ce ne sera jamais pour toi.

À quoi pouvais-je donc m'attendre?

J'encaisse le coup, comme d'habitude. Cela fait longtemps que je ne prétends plus collectionner ce type de trésors. L'idée de les perdre, alors que je ne les ai jamais possédés, ne m'atteint pas vraiment. Mais mon indifférence, il l'a déjà perçue. Papa sait que l'idée que ces objets ne m'appartiendront pas ne m'affecte plus. Il monte donc d'un cran, afin d'éradiquer totalement l'espoir.

– Voilà ce que j'en fais, de tes rêves d'adolescente !

C'est la télé qui, la première, s'écrase sur le sol, de tout son poids. Elle explose dans un fracas impressionnant, et des volutes de fumée grise masquent le sourire de mon père. La coiffeuse aussi y passera. Cela me pique au cœur, bien plus que sa foutue télé qu'il pouvait bien revendre ou casser. Ma coiffeuse, mon rêve absolu de petite fille choyée, démontée pièce par pièce devant mes yeux qui ne peuvent que constater. Ma belle coiffeuse blanche que je n'ai pas eu l'occasion de toucher.

– Tu peux retourner d'où tu viens.

Cela veut dire que je peux retourner dans la cave, un mot que mon père ne prononce jamais, alors que c'est lui qui m'y a enfermée. Je n'en déduis pas pour autant que prononcer certains mots – « cave », par exemple, – lui en ferait saisir le sens et le conduirait à se noyer dans la culpabilité. J'en déduis simplement qu'il sait louvoyer pour ne pas se mettre en porte-à-faux avec sa conscience : ce serait angoissant pour un être qui aime tant la placidité de façade, qui ne vit que par elle et pour elle.

« On ne se bat pas contre de belles images, si fausses soient-elles. »

Voilà ce que je peux encore vous écrire, monsieur le juge.

« On ne ternit pas les images d'Épinal. Elles sont intouchables, inaltérables. »

Il est dix-huit heures.

Il ne reste plus beaucoup de pages dans mon cahier, et je commence sérieusement à trouver le temps long. Sandrine avait raison, nous allons peut-être bien faire le tour du cadran avant que ce soit notre tour. Je mesure chaque battement de mon cœur, ceux qui précèdent le jugement final. Bientôt, monsieur le juge, vous ouvrirez votre porte à une meurtrière, bientôt se tiendra devant vous une parricide incapable de regrets.

Je ne sens rien en mon cœur si ce n'est l'immense désir d'écrire et de ne plus jamais parler. L'image de mon père s'estompe chaque jour davantage, au point qu'il m'arrive certaines nuits d'en oublier ses traits. Il m'arrive de sentir son odeur. L'odeur de sa sueur lorsqu'il s'acharnait sur moi.

Lorsque je pense à lui, c'est mon corps qui s'épanouit. Il rejette, loin, le goût de la moisissure omniprésent, et je ne sens plus sur mes mains la chaleur moite du sang qui s'écoulait de sa plaie.

Un jour, je ne penserai plus à lui.

Je fixe la porte close qui donne sur les couloirs du tribunal. Je me demande ce que pourrait être ma vie à l'extérieur de ces murs, si je décidais simplement de m'en aller. Je sais que ma tranquillité est factice : derrière cette porte, il y a Sandrine et sa clique qui me gardent. Je sais que je ne franchirai jamais la grande porte du tribunal. Je sais que je n'ai d'autre choix qu'attendre.

Cela ne m'empêche pas de rêver.

Je rêve de prendre la poudre d'escampette, de m'évanouir dans la nature, de devenir invisible et que le monde, enfin, m'oublie. Les jeunes filles de mon âge, pour la plupart, s'enflamment à l'idée de briller devant quelque projecteur, avides de reconnaissance et de succès. Elles aiment la lumière et le bruit, s'épanouissent dans une ambiance survoltée. Moi, je recherche l'ombre et le silence pour m'y lover. Je veux une petite pièce dans laquelle m'abriter. Une petite pièce à la lumière tamisée et à l'ambiance feutrée. Une chambre dont je posséderais la clef et la serrure.

Mais où aller ? Comment vivre seule si l'on n'a pas bénéficié de l'aide nécessaire pour commencer ? Ainsi, je suis condamnée à demeurer enfermée, tous les lieux finissant fatalement par ressembler à ma cave.

J'attends. J'attends de pouvoir commencer.

C'est à ce moment précis que Sandrine entre, comme si elle avait senti, de l'autre côté de la porte, que sa présence barrerait la route à mon désir de fuite.

– Tu vas bien ?

On ne peut mieux.

« J'ai bien failli m'échapper. »
Voilà ce que je vous écris, monsieur le juge.
« Mais s'échapper, c'est ne pas assumer ce que l'on est. Je reste, donc. »

J'ai quinze ans.

Je ne peux plus parler, mais je peux encore agir. Mon corps, habitué à toutes les rudesses, en trouvera la force. Il m'est encore possible d'attirer l'attention par mes actes : je peux tenter une action, n'importe laquelle, qui renverra au néant les efforts de mon père. Je ne sais d'où elle jaillit, mais je sens au fond de moi une force immense qu'il me reste à exploiter.

Un matin de janvier, je me décide à sauter le pas. Je m'en souviens très bien parce qu'il fait froid.

Ce froid glacial fait partie de mon plan : je dois faire avec si je veux arriver à mes fins. Ce matin-là, j'ai regardé ma mère, et je me suis dit qu'il était possible que je ne la voie plus jamais. Je n'en ai ressenti aucune culpabilité : sa passivité comme son amour, si discret qu'il en est douteux, ont fini par contaminer ma loyauté. Je la contemple avec un reste d'affection mais sans regret parce que mes plans d'avenir ne la concernent plus et qu'ils requièrent toute mon attention et toute mon énergie. Elle demeurera dorénavant engluée dans sa vie faite de bleus et de sang mêlés. Elle ne pourra plus compter sur moi pour partager ses regrets, car elle a pris la confortable habitude de s'épancher dans ses moments de souffrances extrêmes, en occultant totalement les miennes, que je ne confie à personne.

On ignore ce que devient un cerveau lorsqu'il n'a personne à qui confier les maux qu'il ne peut laisser s'échapper. Alors l'esprit se tord et se brise en un millier de fragments que le plus éminent des psychiatres peinera à rassembler. J'en suis, pour ma part, à quelques brisures et les trous dans mon âme concurrencent allègrement ceux de la couche d'ozone. Aussi, après le maigre petit déjeuner que je n'arrive jamais à terminer, entre deux cuillers de Chocapic et une gorgée de jus d'orange, je décide enfin de m'en aller.

Partir ne nécessite pas de parler. S'exprimer n'est plus un devoir lorsqu'il s'agit de mettre un mécanisme en route : le mécanisme de ses jambes. Je vais marcher, me planquer, et encore marcher.

Toujours marcher. Vers un but inexistant dont je me fous royalement, vers un lieu que je ne connais pas mais qui déjà me tend les bras. Marcher jusqu'à plus soif. Tendre et détendre inexorablement mes jambes jusqu'à ce que mon corps épuisé n'ait plus la force de penser. Et le lendemain je recommencerai, pour endurcir mon corps et mon cœur, pour abrutir ma pensée, pour qu'elle s'annule.

J'aime les êtres vides de pensées, je les trouve réconfortants. Ils vivent nuit et jour dans un laisser-aller qui ne les abîme jamais, leur cœur bat à un rythme régulier. Le sentiment du tragique, pour ces esprits qui ne pensent pas au lendemain, n'existe pas.

Marcher encore et toujours vers des cieux où l'on ne pense pas, où l'on ne pense plus.

Je prends mon sac d'école pour éviter d'attirer l'attention, mais j'en garnis les poches avec du linge, de la boisson et des gâteaux. Mon cœur est léger à l'idée de réussir ce qu'on appelle communément une fugue. Je range mon bol dans le lave-vaisselle en me répétant : « Je vais partir pour ne plus jamais revenir. » C'est beau. J'en pleurerais presque devant ma mère incapable d'imaginer à quel point sa vue me fait saigner. Ne plus voir son air endormi et son visage résigné. L'espace d'un instant, j'envisage de lui proposer de partir avec moi, mais l'idée, absurde, me fait rire. Ma mère, fuguer avec sa fille ? Abdiquer, après tant d'années de constance dans l'acceptation ?

Je ferai donc le chemin seule. Et je grandirai seule.

Il est sept heures trente.

Les cours débutent à sept heures cinquante-cinq et je n'ai que quelques centaines de mètres à parcourir à pied. Mais je veux vivre mon rêve, et j'ai donc décidé de bifurquer à gauche, de prendre un tournant autre que celui que je prends d'habitude pour me rendre au collège. Je vais tout chambouler et, le cœur battant, mon nouvel itinéraire me semblera une inconnue tout à fait acceptable.

Une fois dehors, le froid me saisit. Je me rends brusquement compte des efforts que je vais devoir déployer pour ne pas faillir. Déjà mon corps tremble et je me demande avec angoisse où je vais pouvoir passer ma première nuit. Dormir sous un pont en compagnie de quelque clochard est-il plus enviable que de dormir dans une cave ? Au nom de la liberté ? Voilà ce qui me traverse l'esprit alors que j'affronte le froid hivernal, en marchant dans la direction opposée à celle du collège.

Marcher. Marcher et se reposer. Marcher et ne pas penser. C'était mon credo et je dois m'y tenir, pour une fois dans ma vie, avoir le dernier mot sur ma destinée.

Je me retrouve rapidement au milieu d'une place où je ne crois pas m'être un jour rendue. À la peur de l'inconnu s'ajoute celle que mes parents soient déjà au courant : il est neuf heures vingt-cinq, et on a dû avertir la CPE de mon absence aux deux premiers cours de la journée. Peut-être sont-ils en train de me chercher. J'ai intérêt à bien me cacher, je n'ai pas envie de croiser les yeux de mon père au détour d'une rue. Je m'installe sur un banc. Mon estomac fait des nœuds à force de penser à ce qu'il pourrait me faire s'il me retrouvait. Chaque pensée me renvoie à ma peur. Ma peur viscérale de ses colères froides bien plus redoutables que ses claques lâchées dans le couloir entre deux pièces.

Vers midi trente, je commence à avoir faim et je me rends compte d'une chose toute bête : la cantine du collège, c'était bien pratique. Les gâteaux sont vite avalés et il me manque l'argent pour que mon acte soit au point, qu'il me permette de me sentir comme une adulte qui n'a besoin de personne pour survivre. Tant pis, je vais devoir composer avec ma faim. Pour le moment. C'est toujours mieux que de revenir en centre-ville, au milieu des bons citoyens tellement aptes à repérer les adolescents à l'air louche.

C'est seulement en fin de journée que je m'aperçois qu'on me cherche.

La faim me tenaille et je me rends compte combien il est difficile d'organiser une fugue. C'est pour cette raison que les adolescents rentrent fatalement au bercail. Mais je ne veux pas être une adolescente comme les autres, je veux que l'on dise de Charlotte qu'on ne l'a jamais retrouvée. Je remarque d'abord les voitures de la police municipale qui tournent dans les quartiers environnants. Puis je crois deviner au loin la silhouette de mon père. Une démarche lourde, des cheveux rendus hirsutes par le gel, un arc entre les jambes qui donne, parfois, l'impression qu'il boite. Il ne m'en faut pas plus pour déguerpir.

C'est à ce moment-là que mon innocente stupidité choisit de se manifester. Tout mon être me crie de me tapir dans un coin d'ombre. Je cours vers un parking que j'ai aperçu au loin. C'est sous une camionnette blanche que je me cache, ombre parmi les ombres. C'est un endroit propice au calme et à l'anonymat. Je me couche, j'essaie de me glisser entre les quatre roues pour me placer bien au milieu. Il me faut attendre, au moins le temps que la silhouette aperçue s'éloigne.

Mon assurance ne dure que quelques secondes. À peine ai-je repris mon souffle qu'on hurle autour de la camionnette. Je tourne la tête et je vois deux pieds. Deux grosses chaussures d'homme à côté des roues. Mon cœur bat si fort que je n'arrive pas à me concentrer sur ce que vocifère le propriétaire de ces chaussures.

– Non mais regardez-moi ça ! J'aurais pu lui rouler dessus si j'avais pas vu ses pieds qui dépassent !

C'était donc ça.

Plus de doute, j'ai été repérée. Je sens que l'on agrippe mes chevilles pour me déloger de sous la camionnette. Je n'ai pas le choix, je dois me laisser faire, je n'ai pas la force de lutter. Je me retrouve assise sur le bitume, mon sac à dos sur les genoux, entourée de badauds qui me dévisagent. La foule se fend en deux, pressée par un bras qui se fraye un chemin : le bras de mon père, puis son regard. Maman est certainement à la maison, assise sur le canapé, une tasse de café à la main, et elle doit attendre sagement, comme on le lui a ordonné, qu'on daigne lui ramener sa petite fille adorée.

Un iceberg fond en moi.

Une chose brutale que je n'arrive pas à contrôler.

La vue de cet homme me propulse dans une bestialité que j'identifie immédiatement. Alors je crie. Je crie comme jamais je n'ai crié, lorsque mon père et le chauffeur me relèvent. Je lis dans ses yeux la promesse de sa vengeance prochaine : il ne sera pas dit que sa fille ait pu lui infliger une telle honte devant tant de gens ! Mais pour le moment, il doit être doux, attentionné et totalement dévasté. Il charge ses yeux de larmes en face de la petite hystérique qui fait sa crise pour se faire remarquer. C'est un père en souffrance que l'on doit voir, là. Le père qui pleure son impuissance devant l'enfant impossible – mais tellement aimée – qui n'en fait qu'à sa tête, comme tant d'autres avant elle.

Même ma fugue, je ne suis pas capable de la réussir.

Même ma fugue, il me la vole !

Je me console en me disant que, cette fois-ci, ce que j'ai fait ne passera pas inaperçu. Il lui sera impossible d'étouffer ce mal-être que j'ai manifesté loin de la sphère familiale, il ne pourra pas l'enterrer dans sa cave. Peut-être se posera-t-on enfin les bonnes questions, sans que j'aie besoin de parler. Tout doit passer par la parole. J'ai l'impression qu'en ce bas-monde il faut toujours parler, hurler, pleurer pour avoir le droit d'être écouté. Il faut gueuler de toute sa puissance et faire travailler les cordes vocales.

Soit. Ce jour-là, j'ai prouvé que j'avais du coffre.

Je ne me souviens plus de la manière dont les événements suivants se sont mis en place. L'intérêt fut vif, ce qui eut pour conséquence d'adoucir pour un temps la férocité de mon père. Chaque samedi matin fut réservé, pendant plusieurs semaines consécutives, à des entretiens avec un psychologue dépêché par l'aide sociale à l'enfance. Papa sur le qui-vive. Une joie que je ne croyais pas pouvoir ressentir.

Mais les vieux démons n'abdiquent jamais. La parole fut rare au sein de ce cabinet où je n'avais pas envie de mettre les pieds. Je croyais à une nouvelle inspection des lieux qui aurait logiquement abouti à la découverte de la cave. Mais rien ne se passa comme je l'avais souhaité.

La seule chose qu'on me demande, c'est de me livrer. Faire claquer ma langue contre mon palais, activer ma mâchoire, faire vibrer mes cordes vocales. Après tant d'années, pas un n'a compris que c'est la seule chose qu'il ne faut pas attendre de moi.

Alors, durant ces interminables séances qui s'étalaient sur une heure, je me suis évadée. L'évasion physique n'a jamais été envisageable, mais il est aisé de voyager dans les méandres de l'esprit. Il permet de s'échapper, de rêver de flots de sang ou de flots d'amour, sans que quiconque le remarque. J'ai voyagé dans mon corps. Je m'inventais des épilogues romanesques qui illuminaient mon quotidien. Mais je n'ai jamais rien écrit, car la fin tragique de *La Religieuse* m'avait laissé un goût amer. Mes propres écrits déchirés et pourrissant à même le sol ne m'auraient pas permis de rester vivante.

Mon père, pour un temps, dut relâcher son désir de me nuire. Je n'ai jamais cessé de dormir dans ma cave. En revanche, durant ces semaines plus douces, je dormis sans mes chaînes. Alors mon corps enfin au repos harcela sans répit mon âme.

Exactement trois mois plus tard, je retrouvai mes chaînes. Elles ne pouvaient plus empêcher mon âme de brûler.

Ma rébellion bientôt consommée.

« Ne croyez pas que je voulais rester. »
Voilà ce que je vous écris, monsieur le juge.
« Il se pourrait même que je finisse par aimer la vie. »

J'ai quinze ans et demi.

La période qui réduit à néant tous mes piètres efforts d'échange avec l'extérieur. Celle qui me fait comprendre mon irréductible différence. Je suis installée à une table de la cantine, seule, comme à mon habitude. J'avale tant bien que mal un hachis Parmentier qui ne décollerait pas de l'assiette si jamais je la retournais. Je me concentre autant que je le peux sur ce plat censé me remplir le ventre pour le reste de la journée. Des bribes de conversation de la table d'à côté parviennent jusqu'à moi. C'est plus fort que moi, je suis toujours très attentive aux conversations et causeries entre amis dont je suis toujours exclue.

Au début, je ne comprends pas. Ils semblent évoquer des élèves des autres classes. J'entends des situations rocambolesques associées à des prénoms. Des filles et des garçons seraient plus ou moins enfermés ensemble dans une sorte de villa, où ils seraient obligés d'accomplir tout un tas de conneries pour avoir le droit d'y rester. J'en déduis qu'il doit s'agir de camarades qui passent leur été dans des colonies de vacances. Une pointe de jalousie me transperce à l'idée que leur amitié dépasse le cadre du lycée, qu'ils se côtoient même en juillet et en août, pendant les vacances scolaires.

Je décroche de la conversation et me laisse aller au sentiment de total abandon que je ressens de la part de tout le monde, avec en toile de fond des questions stupides telles que « pourquoi ne m'aiment-ils pas ? ». Je ne suis pas si repoussante, et l'atrocité de mes relations familiales ne peut tout de même pas se lire sur mon visage au point de faire de moi un repoussoir.

Je chasse rapidement ces pensées et je retourne à leur conversation qui ne m'intéresse pas, mais qui a le mérite de me raccrocher à ce qu'est, normalement, la vie réelle. J'entends « prime time », « part d'audience », et je comprends enfin qu'ils ne discutent pas de leurs dernières vacances, mais d'une émission qui passe à la télé. J'ai rarement le droit de la regarder, je ne risque donc pas d'être au courant des dernières nouveautés. Je me souviens alors d'une vague conversation entendue la semaine précédente, et de deux ou trois titres de magazines people que j'ai lus en passant devant les kiosques à journaux.

La lumière s'allume : il s'agit de *Secret Story*.

Tout s'effondre en moi, la fourchette encore plantée au chaud entre mes lèvres.

Ce n'est pas le pire drame de ma vie. Mais il est de petits drames intimes, de minuscules brèches à peine entrouvertes, des mots et des situations qui vous laissent aussi mort qu'un saut dans le vide du cinquième étage. Il est des flashs de conscience d'une cruauté extrême, qui vous percent et qui vous donnent envie de ne plus exister, pour ne plus avoir à ressentir.

La conscience de ne pas être capable de partager avec eux cette connaissance infinie des participants de *Secret Story* – dont je me fous pourtant royalement – me brise le cœur et me projette au plus bas de mon sentiment d'infériorité. J'entends des prénoms dont je ne connaîtrai jamais les visages : les fous rires extasiés de mes camarades sont autant de claques que je reçois en pleine figure. Ce monde est le mien, et pourtant je suis assise juste à côté, flottant dans un univers noir et sans étoiles, et je le regarde évoluer. Sans moi.

Tout à coup, une remarque me sort de ma torpeur.

– Putain, regarde le légume à côté.

Je tourne la tête. C'est de moi que l'on parle. Je n'en suis pas étonnée.

– Tu sais même pas de quoi on cause. Ça se voit à ta tronche !

Quelques éclats de rire ponctuent ces deux propositions indépendantes. Ma maîtrise tellement parfaite de la grammaire, celle qui me sauve d'une veine coupée, me laisse à penser qu'ils pourraient faire mieux. L'introduction d'un connecteur logique ne serait pas du luxe dans leur fragile argumentation. Alors je réponds :

– Je ne sais pas de quoi vous parlez, aussi cela se voit-il sur mon visage.

Leur éclat de rire ne me blesse pas, tant la certitude que je suis excellente en ce domaine me réconforte.

– Tu sors d'où, toi ?

J'ai bien envie de leur répondre : « De ma cave », mais le réel qui se cache au sein de cette phrase leur échapperait complètement.

Je ne tente aucune réplique, je les laisse à leur rôle de dominateurs, puisqu'il est écrit partout sur mon corps que le mien est d'être faible et dominée. Pourquoi tenter de changer ce que le destin a si habilement agencé ? Je me contente d'apprécier à leur juste mesure nos rôles si admirablement définis et que l'on ne trouve que dans les tragédies classiques. Un scénario immuable auquel il est vain de vouloir échapper. Je me laisse sombrer dans le vertige d'une totale perdition, et je ne tente pas de lutter. Je ne m'accroche à rien, l'espérance est un recours à brûler.

Ma suprématie est dans ma tête.

Je suis leur égale aux yeux de la loi. Mon système de valeurs leur est supérieur. Je n'ai pas de vie sociale. Je n'ai pas de cote de popularité. J'ai une richesse intérieure qui brille, mais elle ne se voit pas.

Le cours de maths de treize heures cinquante me permet de me ressourcer : je repense à la scène du déjeuner, habitée par ce qui en résulte de positif. Monsieur le juge, vous vous direz peut-être qu'il est difficile d'y trouver des éléments positifs, mais je me suis ainsi faite. Je me vautre tant dans ma déréliction qu'une étincelle en jaillit forcément. Mon étincelle, c'est la lecture. Des pages et des pages de romans que papa ne pourra pas extirper de ma tête pour les déchirer. Des lignes et des lignes qui m'appartiennent, quand bien même je suis désespérément nulle pour ce qui concerne le *Secret Story* et les autres émissions de télé auxquelles je n'ai pas accès. Je défie mes dominatrices d'en avoir ingurgités autant et de s'en être nourries jusqu'à parvenir à tenir debout en n'importe quelle occasion.

Au sein de cette classe bavarde et aussi peu attentive que je peux l'être aux problèmes d'algèbre, je suis la plus douée. J'ai envie de leur déclamer *La complainte du désespéré*, et leur faire bouffer par paquets le champ lexical de la souffrance qu'ils ne sont pas capables de compléter, tant la pauvreté de leur vocabulaire est affligeante.

Je me console en me disant que si je suis une dominée forcément perdante, je suis pourtant la meilleure.

« Qu'y a-t-il de pire pour une adolescente que d'être asociale ? »

Voilà ce que je vous écris, monsieur le juge.

« Ce n'est pas ce que j'ai vécu de pire, mais c'est ma plus grande blessure. »

J'ai seize ans et demi.
Et, à mon grand étonnement, je connais l'amour.

Vous êtes sur le point d'émettre un jugement sur le meurtre que j'ai commis, et sur ma culpabilité, monsieur le juge. J'imagine votre surprise quand vous lirez des pages qui parlent d'amour. Gardez présent à l'esprit, monsieur le juge, que ces pages-là sont celles qui précèdent mes aveux. Cet amour est le catalyseur de ma force. Sans cet amour adolescent dont vous êtes sur le point de lire le récit, je n'aurais probablement jamais tué. Alors je ne serais pas vivante aujourd'hui.

Je tombe amoureuse. C'est un sentiment exquis, d'autant plus exquis que je ne le crois pas partagé. Je contemple l'objet de mon amour en secret, la naissance de sa nuque, ses épaules carrées. Je me sens comme ces héros de roman qui meurent d'un amour violent impossible à étouffer. Je me sens Frédéric Moreau à jamais amoureux de Marie Arnoux, dans *L'Éducation sentimentale*, et l'envie me tenaille d'être Phèdre, prête à toutes les bassesses pour conquérir celui qui fait désespérément battre son cœur.

J'aime l'idée de souffrir par amour. Cela me donne la sensation d'être normale. C'est une souffrance qui me rend heureuse car, pour une fois, je goûte aux plaisirs du quotidien. Dans la vie, nous tombons amoureux, parfois passionnément, sans espoir de réciprocité. Dans la vie, nous aimons à en mourir, parfois, et ce sentiment est si puissant qu'il éclipse ma cave, il réchauffe mon corps que je croyais à jamais éteint.

Guy a dix-huit ans. Je le saurai un peu plus tard. Il est en terminale scientifique tandis que moi je suis en première littéraire. Au sortir des cours, mon cœur s'affole lorsque je le croise dans les couloirs et que je le regarde s'éloigner en direction du patio, lieu de rassemblement privilégié des élèves puisqu'il n'y a pas de cour de récréation. Je connais tout de sa démarche raide de sportif et de sa façon de plonger ses mains dans ses poches, le sac à dos glissé sur une épaule, lorsqu'il se met en position d'attente.

Je ne cherche pas à être discrète. Par expérience, je sais que cela ne servirait à rien dans la mesure où ma réputation me précède. Les haines s'attisent et le mépris brûle. Dans tout cela il n'y a rien de grave car mon cœur, si incapable d'indulgence, est tombé amoureux. Il lui arrive de tourner la tête dans ma direction, mais il m'est difficile de déterminer ce que je lis dans son regard. Ma raison me conseille d'y lire l'indifférence – peut-être un peu de moquerie – j'y vois cependant le signe d'un intérêt croissant.

C'est au CDI que les événements se précipitent. Ma vie prend une tournure inattendue et cela n'a pas échappé à mon père. Je passe mes journées dans ce lieu où je ne suis pas persécutée, car mes camarades y vont peu, sauf en hiver, lorsqu'il fait froid et qu'il faut un abri où se réchauffer. Guy y vient de temps en temps, un peu plus à présent que nous approchons de la fin de l'année scolaire et qu'il lui faut réviser pour décrocher son diplôme. C'est un bosseur. Il n'a pas peur de passer pour un ringard, en ce temps où oser faire ses devoirs est devenu un crime absolu. Je l'aime pour ça aussi. Je le regarde se pencher avec sérieux sur ses équations mathématiques et ses formules de physique, tout cela étant abscons pour l'ignare que je suis. Je contemple la naissance de son cou et ça me donne chaud.

Je me penche sur mon corps, qui a perdu de sa chair, qui a perdu son sang, et n'a connu que le froid, mais qui n'ignore pas le désir.

Mon corps connaît le désir, et j'aime ça.

Parfois ma souffrance est si palpable que je détourne les yeux pour me concentrer sur ma lecture, sans comprendre le sens des lignes que j'ai devant les yeux. J'y mets tout mon cœur pourtant, je n'imagine pas un seul instant trahir les livres que je tiens entre mes mains, mais, lorsque Guy est assis en face de moi, je crois que même *La Religieuse* se sentirait délaissée.

Puis, un jour où j'arrive enfin à me concentrer sur *Bel-Ami*, mon regard, par hasard, rencontre le sien qui fuit. Alors s'enclenche la machine à fantasmes. Je décèle dans sa fuite la peur d'avoir été pris en flagrant délit de contemplation. Je laisse monter en moi l'idée que je peux lui plaire, même si mon âme hurle qu'il est impossible d'attirer l'amour lorsque l'on a un karma comme le mien. Dès lors je les cherche, ses regards. Je n'ai de cesse de provoquer les occasions où nos yeux pourraient se rencontrer, pour qu'il puisse y lire le désir et la curiosité.

Cette avidité finit par payer.

Un jour où je suis particulièrement plongée dans ma lecture de la semaine, je sens une présence s'agiter tout près. Machinalement, je lève la tête. J'ai beaucoup de mal à croire que quiconque ait envie de s'installer à côté de moi. Je connais les surnoms dont on m'affuble. Je ne m'en formalise plus car d'autres choses me font infiniment plus souffrir.

Lorsque je redresse la tête, Guy est assis à côté de moi avec son cahier de maths et sa calculatrice. Mon corps se raidit, tendu par les efforts que je fournis pour ne pas me transformer en midinette. C'est à peine si j'ose plonger dans ses yeux, moi qui l'ai tant fait auparavant, mais c'était à deux ou trois mètres de distance. Guy est bien plus naturel que moi. Un sourire pointe sur ses lèvres, et je ne sais comment l'interpréter. Peut-être s'amuse-t-il de ma gêne d'adolescente apeurée, ou, au contraire, peut-être cache-t-il sa propre gêne derrière un sourire de façade.

Aucun ne tente de briser le silence qui s'est installé. C'est aussi bien, car parfois il est préférable de ne pas entendre l'autre parler. Cet instant magique durant lequel il me regarde, cet instant où je comprends que j'existe à ses yeux n'a besoin d'aucun mot, d'aucune parole malhabile. Il tapote quelques formules sur sa calculatrice haut de gamme histoire de se donner une contenance, tandis que moi je m'applique à suivre le parcours jalonné d'embûches du personnage du roman que je lis. Comme nous procéderons toujours par la suite, Guy glisse un petit mot entre deux pages de mon livre.

Tu fais quoi à midi ?

Je prends quelques secondes pour savourer ce qui me semble être une invitation. Pour une fois dans la semaine, je vais peut-être échapper à la cantine et à ses bavardages stériles.

Je suis censée m'ennuyer à la cantine.

Guy récupère le mot écrit sur une feuille déchirée dans l'un de ses cahiers de cours et il m'a l'air satisfait de ma réponse.

Ça te dirait de m'accompagner aux bosquets ? On se prendra un sandwich.

Comment refuser une telle proposition ? Comment refuser le bonheur quand il se présente, même si je sais par expérience qu'il est pour moi toujours suivi d'un retour de bâton ? Alors je réponds « oui », même si je n'ai aucune idée de la manière dont je vais m'y prendre pour payer le sandwich. Pour le moment, je refuse d'y penser. Je ne peux laisser passer cette occasion sous prétexte que, contrairement à la plupart des adolescents, je n'ai pas le moindre argent de poche. Il me reste bien un peu de celui gagné grâce à la dernière dissertation que j'ai rédigée pour une terminale littéraire, mais j'avais imaginé m'acheter un livre.

En songeant à cette partie de cache-cache avec l'argent, je me demande comment mon père – qui fouillait allègrement dans les moindres recoins de ma vie – a fait pour ne jamais découvrir ma collection de livres cachée sous mon lit.

Bouleversée par cette invitation que je croyais impossible de recevoir, je suis incapable de me concentrer sur la dernière heure de cours, tandis que le professeur de maths tente de faire comprendre à des littéraires quels trésors recèle la notion de « fonction affine ».

Glissent devant mes yeux, comme dans un rêve, des lignes entrecroisées, des chiffres et des lettres réunis dans un même graphique, ce qui m'a toujours semblé d'une extraordinaire incongruité. Ce n'est pourtant pas si lointain – un an, à peine, s'est écoulé –, mais un siècle paraît me séparer de cette matinée merveilleuse avec Guy au CDI.

Comme convenu, je rejoins Guy aux bosquets, lieu privilégié de ma solitude qui devient celui de notre amour. Il m'entraîne vers un snack juste à la sortie, où, sans me poser la moindre question, il m'offre mon repas. Je savoure l'instant, persuadée qu'il ne se renouvellera pas, mon sens du tragique n'étant jamais loin, puis nous retournons aux bosquets pour nous installer sur un banc éloigné, à l'abri des regards indiscrets.

Beaucoup de lycéens empruntent l'allée centrale, et je comprends son désir de discrétion. Je sais combien il est difficile de s'afficher en ma compagnie et de l'assumer. Mais il est là, à côté de moi, il croque dans son sandwich poulet-curry. C'est tout ce qui compte. Je me fiche qu'en compagnie de ses copains il fasse celui qui ne me connaît pas. Peut-être me moquera-t-il ouvertement, si je passe à proximité, histoire de donner le change. Et ce sera *Docteur Jekyll et Mister Hyde*, avec pour décor un lycée rempli d'adolescents prêts à lapider le plus faible. Je chasse cette pensée, elle me blessera suffisamment en temps voulu, et je me concentre sur son épaisse toison brune dans laquelle j'ai envie de plonger mes mains.

J'ai envie de le sentir, de m'emplir de son odeur. Je veux la caresse de ses cheveux sur ma joue, sur mon front, sur ma bouche. Que mon nez dans son cou le fasse trembler et qu'il ait envie de me renverser. Pour la première fois de ma vie, une chaleur intense m'envahit lorsque je vois ses mains d'homme, son cou d'homme. Je n'en peux plus de le regarder, je me perds dans sa contemplation jusqu'à ce que je voie sa main s'approcher de la mienne. Ses doigts s'entremêlent aux miens et, sans analyser ce qui me pousse, je guide sa main vers la naissance de ma gorge. Son contact me brûle. Pas autant que ses yeux lorsque je comprends qu'il est surpris par mon audace. Mais cela ne dure pas. Déjà il se penche vers moi et c'est comme si mon père et ma cave n'avaient jamais existé. Je sens la pression de ses lèvres qui ouvrent les miennes, la douceur de sa langue qui cherche la mienne. Je suis maladroite. Il le sent mais ne dit rien. Sa main dans mes cheveux, il attend simplement que je m'accorde à son rythme.

Assise sur un banc, je connais mon premier baiser.

Longtemps je m'étais demandé si j'y aurais droit ou s'il me faudrait mourir vierge de baisers et d'étreintes.

Il fut doux cet après-midi-là, où je revivais cette scène en boucle. J'avais envie de crier à tout le monde : « Guy est à moi ! », ne serait-ce que pour prouver que je pouvais plaire. Mais je savais qu'il fallait faire preuve de discrétion si je voulais que cette histoire dure.

Deux fois par semaine, Guy et moi nous rejoignons sur ce banc qui désormais est le nôtre. Le soir, mon père ne manque pas de me demander ce que j'ai mangé à midi et j'invente des repas. La peur de mentir cède vite la place au plaisir de l'invention, à l'audace de la manipulation. Hors de ses murs, je possède un morceau de vie qu'il ne maîtrise pas. Ce secret illumine mon visage. Le miroir me renvoie une image moins terne. Mes traits sont plus détendus, ma bouche est moins crispée, mes cheveux sont moins ternes et je déploie des trésors d'ingéniosité pour diminuer l'humidité grasse qui les imprègne.

Guy me pose parfois des questions, mais je reste évasive. Pourtant s'insinue en moi la torture de la réalité : il ne verra jamais la chambre de sa petite amie. Notre histoire dure depuis trois mois, et je ne trouve pas la force de lui expliquer combien nos vies sont éloignées. Pas de parents, pas de pièce feutrée et douce dans laquelle abriter notre amour. J'ai peur et la conscience de mon destin me happe. Comment lui offrir plus de place, dans cette vie cloisonnée où mon existence se réduit à l'espace d'une cave ? Mes lèvres commencent à s'impatienter, prêtes, devant lui, à éventer mon secret. Parfois les mots sont près de m'échapper telle une confidence murmurée à l'oreille de mon bien-aimé, et je fais un effort surhumain pour les ravaler.

Mais la vie a encore décidé pour moi. Le destin prend toujours les devants et réduit en miettes tout ce qui peut être.

« Savez-vous ce qu'est la certitude qu'il vous faudra irrémédiablement renoncer ? »

Voilà ce que je vous écris, monsieur le juge.

« Avez-vous goûté au bonheur en sachant qu'il n'était pas destiné à durer ? »

C'est un soir au milieu du dîner que, cette fois, la vie ne reprend plus son cours.

Nous mangeons aussi paisiblement que nous le pouvons, dans la mesure où l'amour a depuis longtemps quitté cette maison sans témoin. Seul le tintement des fourchettes contre les assiettes trouble le silence oppressant d'une salle à manger où personne n'a jamais rien à raconter. Papa n'éprouve que mépris pour la filière littéraire. Pour lui, le choix de m'enterrer dans le monde obscur des lettres est un choix par défaut : je ne suis, et ne serai jamais, une scientifique. Il ne m'adresse plus la parole parce qu'il considère que je l'ai trahi. Il ne sait rien de mon trafic de dissertations, de commentaires composés et d'écriture d'invention. Il ignore à quel point on apprécie la cohérence de ma pensée lorsqu'il s'agit de traiter une problématique en trois points.

Il ne s'embarrasse plus de fioritures depuis qu'il a compris que les mots me manquent pour le dénoncer. Il est convaincu qu'il peut laisser son imagination se déployer sans que je pipe mot. La conscience de sa force fait de lui un bloc de dureté qu'il est quasiment impossible d'entamer.

Je ne cherche plus à le détromper depuis bien longtemps, le souvenir de son ceinturon cinglant ma chair me sert de garde-fou. Je mange les yeux baissés vers mon assiette, en évitant de croiser le feu de son regard. Je redoute les moments où il me dit qu'il m'aime alors que ses yeux exposent le contraire. Ce soir-là, son visage n'exprime que désapprobation et sévérité. Quelque chose ne va pas, je le sens à la façon qu'a ma mère de poser le plat principal sur la table en tremblant.

Ce soir-là, sa soumission exacerbée contamine la pièce, jusqu'à l'air que l'on respire. Les murs tremblent autant que les assiettes, quelque chose de nauséabond flotte dans l'air et nous fait suffoquer. Je n'ose pas respirer : je connais par cœur ces lourdes secondes qui précèdent l'explosion. Le frisson qui me parcourt l'échine m'indique que le drame éclatera au cours de la soirée. Le tragique est immuable de certitudes. Rien ne le détourne jamais de son cours. Je suis destinée au massacre et aux cris, il est vain de vouloir y échapper.

Je continue à manger à petites bouchées le gratin de courgettes de maman, et j'attends que mon père déclenche les hostilités. Maman s'est déjà réfugiée dans son monde, à l'abri de nos éclats, là où elle peut se permettre de couler des jours heureux, abritée par sa cécité. Comme le veut la coutume, elle ne réagira pas, trop éloignée de nous pour trouver la force de revenir et de soutenir sa fille.

– Qu'est-ce que tu as mangé à midi ?

Cette question est habituelle, mais je perçois la différence de ton. Sa voix se fait plus rocailleuse et une impatience mauvaise fait vibrer ses cordes vocales. Il est en colère et se contrôle avec peine. Le compte à rebours a commencé : le processus de destruction est en marche. Je tente de gagner du temps en répondant à la question, quand bien même je sens que le temps des mensonges est passé.

– Du blanc de dinde à la crème et des frites.

Le menu de la cantine est simple et routinier. J'énonce ce qui me passe par la tête, ce repas est tout à fait plausible. Je pourrais inventer n'importe quoi, cela ne changerait rien, le contenu de mon estomac n'est pas ce qui préoccupe mon père.

Le silence qui s'ensuit est long, très long. La peur commence à s'emparer de moi. Malgré ma certitude qu'il est inutile de vouloir échapper aux malheurs, j'ai toujours infiniment peur quand ils se présentent.

D'une voix blanche, effroyablement lointaine, mon père prononce la première phrase de son rituel de violence :

– Tu mens.

Maman se fait toute petite. Si petite qu'elle disparaît dans les limbes. Elle s'écrase sur sa chaise jusqu'à devenir un élément du décor. Il n'y a plus que lui et moi. Peut-être s'agit-il d'un coup de bluff, alors je m'enfonce dans mon mensonge, car, de toute manière, ça ne peut pas être pire :

– Si. Et des poires au sirop en dessert.

Je galope tête baissée vers le châtiment qu'il m'infligera. J'y cours malgré moi, happée par cette violence que je quête : quitte à être rouée de coups, autant que cela se fasse vite.

– Tu mens, petite garce. Tu étais aux bosquets, à rouler des pelles à un petit connard qui ne perd rien pour attendre !

Je réfléchis à ce que je pensais il y a quelques jours encore. Aucun de mes secrets ne peut-il donc être protégé ? Rien ne lui échappe, chacune de ses ventouses s'agrippe à mon corps et à mon esprit sans que je réussisse à les détacher. Sans que je parvienne à savoir comment, il sait tout de moi. Je me demande s'il ne me fait pas surveiller, dans son désir fou de protéger son propre secret. Je l'imagine génie malfaisant, aux capacités de clairvoyance hors du commun.

Pourtant, j'ose aller plus loin dans ma rébellion :

– Qu'est-ce que tu en sais ?

Je n'obtiendrai pas de réponse. Mon comportement lui est insupportable : il faut vite qu'il étouffe ma tentative de reprendre mon souffle.

Dans un fracas d'assiettes explosées au sol, papa se lève et m'embarque en m'agrippant par les poignets. Maman, bien sûr, ne bouge pas un cil. Elle observe benoîtement le fond de son assiette, absorbée par le jus vert qui s'en échappe et qui pénètre chaque recoin de son cerveau. Déjà elle disparaît de mon angle de vue, du centre de ma vie, de mon cœur. Je suis tout entière livrée à la haine de mon père, avec ce qui vient de mourir en moi et qu'on ne retrouvera pas. Jamais plus je n'aurai la force d'éveiller son amour clos, jamais plus je n'aurai la force de la regarder sans ressentir l'envie de l'étrangler.

« L'amour est mort, l'amour est vide », dit le poète. Il n'y a plus rien à pleurer à l'intérieur de nos murs froids et blancs. Il n'y a plus rien à regretter, ni à souhaiter entre nos quatre murs cloisonnés. Papa me mène dans ma cave, comme chaque fois qu'il a besoin de faire vibrer ses poignets. Qu'ai-je donc à offrir, à part ma soumission ? À présent, mon corps connaît les baisers autant que les coups. Les bris ne concernent plus mes membres habitués. Comme d'habitude, je dégringole les marches, me foulant au passage une cheville que j'ai bien sentie craquer. Je n'y pense plus. La fureur de mon paternel ne s'arrêtera pas à la vue de tendons tordus. Je devance ses gestes tant ils sont rituels dans leur développement. Il va me coucher sur mon lit de fortune, puis faire jouer les chaînes au-dessus de ma tête, juste quelques secondes, le temps pour moi d'en apprécier le cliquetis froid, puis il m'attachera, et les chaînes et moi ne formerons plus qu'un amas.

Très vite, pourtant, dans son regard je lis qu'il va se passer autre chose.

D'ordinaire, la certitude apaisée de ses gestes le rend froid. Aujourd'hui fulmine une impatience terrible, un volcan réveillé qui ne peut se contrôler. Dans ses pupilles noires vibre une affreuse promesse.

J'ai compris.

Il ne prononce pas un mot, mon père d'ordinaire si

friand de grossièretés. C'est un silence qui monte, un silence dur et étouffant. Un silence glacial là où pour une fois j'aurais besoin de mots. Mais il n'a pas besoin de parler pour ce qu'il veut faire. J'entends son souffle rauque, au-dessus de moi, tandis qu'il me regarde de ses yeux de plus en plus fixes. La stupéfaction me pétrifie. Je ne songe pas à dégager ce corps lourd pour m'échapper. Je m'attendais à encaisser ses cris, ses poings, ses pieds, et ce calme avant la tempête m'oppresse tant que j'en ai la nausée. Il n'est rien de pire que ces silences pleins de promesses, chargés de je ne sais quelle aura morbide prête à m'engloutir.

Ce soir-là, j'ai terriblement peur de mon asservissement.

Les chaînes sont à mes pieds, lourdes et pesantes. Il n'a pas l'intention de s'en servir. Je sens son haleine chaude qui s'immisce dans mon cou, ses mains qui parcourent mon corps raidi, en quête d'un trésor qui ne doit pas être pour lui. Je vois les flammes danser dans ses yeux lorsqu'il approche son visage du mien. Je ne veux pas de ce père, de ce père qui ne peut pas se contenter d'être un père.

Dans ma tête les « non » s'enchaînent à un rythme effréné, mais ma bouche n'en prononce aucun, emprisonnée par sa langue. Elle tourne en moi, c'est froid, trempé, et je sens les spasmes qui montent.

Le « non » parfois explose de toute sa force. Il met des années à germer, tapi dans l'ombre d'un corps trop sec, puis il éclate en un millier de corolles et donne au corps la force mythologique d'Atlas. Mon « non » à moi, intransigeant et meurtrier, aura mis dix ans à prendre sa mesure, mais à l'instant où ses lèvres trop brutales dévorent les miennes trop roses, l'indicible explose en moi. Cela monte dans mon ventre, c'est brûlant, impatient de sortir en un millier d'éclats sanglants qui entacheront à jamais le visage de mon père. Cela fond en moi et irradie mes muscles d'une chaleur que je n'ai jamais connue jusque-là.

En un éclair, j'ai enfin compris que j'avais une limite.

Je n'ai jamais parlé et je ne parlerai jamais. Je me contente d'agir, froide et méthodique. Voilà ce que j'ai pu hériter de lui. Je me contente de suivre les impulsions de mon corps, parfaitement lucide quant à ce qu'il veut. Prête à lui donner entière satisfaction. Je ne sais ce qui m'anime exactement, mais il est clair que ses baisers ont le goût du sang, celui que je veux faire couler, sans le moindre regret.

Je le mords, si fort que ses cris percent mes tympans alors que coule dans ma bouche ce sang qui n'est pas le mien. Il enfouit sa tête dans les draps, terrassé par sa propre douleur, et j'en profite pour me précipiter dans l'escalier. Je sais qu'il ne mettra pas longtemps à le remonter, lui aussi, et je sais où je dois me rendre pour trouver de quoi m'armer. Si je me concentre un instant sur les sentiments qui m'assaillent au moment où j'entre dans la cuisine, à la recherche du couteau, puis-je dire que je cherchais uniquement à me protéger ? Non, monsieur le juge, j'avais bien l'intention de le saigner. Mon désir était si fort que je n'attendais que l'occasion de son attaque. Je puis honnêtement affirmer que ce n'est pas la peur du danger qui me motivait.

Le couteau bien en main, j'attends en pleine lumière, au milieu de cette cuisine où il ne manquera pas de me trouver. Je pense à tout ce sang que ma délicate mère devra éponger. Inlassablement je répète : « Je vais le saigner, je vais le saigner », et ce n'est plus la peur qui me domine. J'attends ce qui vient comme la main du destin. Je n'en suis plus au stade où je me demande si ce sera lui ou moi ; le couteau caché dans mon dos pour afficher cette apparente faiblesse, j'ai l'infinie certitude que ce sera lui.

C'est tremblante que je l'accueille. Une feuille morte dansant le tango avec une tempête ne serait pas plus fragile que moi. Il n'y a pas plus friable qu'une jeune fille sur le point de commettre un parricide. J'explore la moindre secousse faisant vibrer mes veines, j'y déniche les frissons qui me parcourent l'échine et ce froid glacial qui s'insinue dans mon ventre. Tout en moi est en train de changer, de se métamorphoser sous le regard froid des murs qui ne parleront jamais. Les beaux murs blancs que je vais couvrir de son sang, avant d'appeler la police, parce que je n'ai pas l'intention de fuir.

Il me rejoint dans la cuisine : dans son regard vibre toute la fureur de l'homme qui ne tolère pas la désobéissance d'une femme. Mais il a oublié que je ne suis pas une femme, encore moins la sienne. Cette amnésie temporaire lui coûtera cher. Je n'ai pas l'intention de frapper n'importe où, un endroit qui le blesserait seulement, et au mieux dans son amour-propre. J'ai bien l'intention de le terrasser, de viser sa source de vie. La gorge, le cœur.

Mon couteau plonge et, à ma grande stupéfaction, ce n'est pas libérateur. Plus son sang s'écoule, plus le vide s'installe. Je constate l'inertie de ma mère, sa présence insignifiante, debout à l'entrée de la cuisine, qui contemple la scène d'un air ahuri que je ne lui connais pas. J'ai accompli ce qu'elle était incapable d'accomplir, et je crois que c'est cela, au fond, qu'elle ne me pardonnera pas. Elle a compris que je suis plus forte qu'elle, que ma soumission a pour limite le frémissement de mon corps. Elle a compris que durant toutes ces années elle s'était abandonnée. Elle ne pouvait qu'être réduite à la passivité, à un jouet conçu pour les hommes qui prennent et consomment sans s'embarrasser de sentiments. Donner son âme et son corps, offrir ce que l'on a de plus cher implique d'aimer. Et elle n'avait même pas l'excuse du désir.

Elle a compris qu'en elle ne s'étaient épanouies ni la mère, ni la femme.

« J'ai joué ma vie. Je n'ai aucun regret. »
Voilà ce que je vous écris, monsieur le juge.
« Je suis ce que mon crime a fait de moi : vivante. »

J'ai dix-sept ans depuis quelques jours.

Je vous ai vu une première fois, il y a quelques mois, et vous avez pris la décision de me placer. Vous dites à maman que c'est mieux ainsi. Elle baisse la tête, et, sans rien dire, nous comprenons tous les deux qu'elle est soulagée. Elle ne veut pas être obligée de m'élever. Cela tombe bien, je ne veux pas être obligée de rester auprès d'elle. Vous avez envisagé de me laisser à mes grands-parents maternels, chez qui j'ai passé une merveilleuse semaine. Mais pépé est malade, et la situation est déjà suffisamment éprouvante pour eux.

Le sang sur mes mains a été lavé et je dors dans une chambre collective. Les foyers ne connaissent pas les chambres individuelles, et je partage la mienne avec deux jeunes filles, Marie et Stéphanie, l'une sage et muette autant que l'autre est fougueuse et évaporée. Elles connaissent cet univers comme leur poche. Elles se sont habituées aux veilleurs de nuit et à leurs lampes qui brûlent la rétine. Elles connaissent les réfectoires et les grandes salles de douches. Elles savent depuis longtemps à quel point il est nécessaire de surveiller la longueur de ses cheveux pour éviter les occupants indésirables.

Moi, je connais mal le souffle des autres qui résonne

dans la pièce au milieu de la nuit. Je ne sais pas vraiment respirer l'air sec d'une chambre correctement isolée. Cet air parfumé d'adolescence que je n'ai encore jamais connu. Cet air fruité de la jeunesse qui vit et qui vit bien, malgré la conscience pesante de vivre dans un foyer. J'ai oublié le toucher des draps secs et doux sur mon corps propre, les cheveux qu'il n'est pas besoin de tresser pour paraître au moins présentable.

La vie me paraît d'une douceur suspecte, tant il n'y a pas à se battre.

De loin en loin, je repense à Guy qui n'a plus le droit de m'aimer. Comment peut-on supporter l'idée que son fils s'entiche d'une parricide ? Le souvenir de ses lèvres sur ma peau est comme une offense faite à mon destin, car il n'était pas écrit que je devais être heureuse. Alors, en silence, je me nourris de ces instants de plaisir et de joie qui ne sont plus. Tout meurt : l'amour, la vie, le corps, et mes espoirs à l'agonie n'ont pas manqué de faillir. Tout meurt, et j'ai parfois, rarement, envie de hâter la course qui me mènera à ma fin. Quelque chose de moi est mort dans cette cave, quelque chose en moi s'est définitivement éteint au moment où mon couteau a plongé pour mordre sa chair. Que puis-je apporter à ces gens si bien attentionnés qui attendent de moi ce que je ne peux leur donner ?

La parole.

Maman entretient l'espoir qu'un jour, elle et moi, nous parlerons. Sandrine a compris qu'il n'est pas question pour moi d'entrer dans le jeu des droits de visite et des calendriers de rencontres, un samedi sur deux. Je respire d'autant mieux que je n'ai plus à croiser ce regard abyssal qui m'a regardée tuer sans faire un geste pour m'accompagner dans mon acte inqualifiable. Je ne désire pas la serrer dans mes bras en pleurant et en l'assurant, d'un baiser sur le front, que le passé peut dorénavant demeurer le passé. Je ne sens pas la nécessité de la réconforter.

Sandrine me propose une médiation censée nous satisfaire toutes les deux : ma mère, qui, semble-t-il, a des choses à me dire, et moi-même, qui ne ressens nul désir de lui parler. Elle aurait pour but, la médiation, de nous réconcilier en nous donnant la possibilité d'énoncer devant une tierce personne ce qu'il y a de plus intime en nous.

Sandrine ne me connaît pas. Comment peut-elle imaginer que je vais accepter cette idée qui lui semble tellement séduisante ? Je ferme les yeux et tente de synthétiser en une image parfaite les traits de son visage. Le visage de ma mère. Le flou s'estompe peu à peu. J'entrevois des yeux cernés d'une extraordinaire obscurité. J'y lis, moins confusément que je ne le voudrais, les rides qui entourent ses joues et sa bouche. Cette vieillesse précoce, les vallons et les creux de sa peau fanée, morte sous la pluie de coups qu'elle a toujours acceptés.

Sans que je puisse le contrôler monte en moi un fou rire inextinguible. La revoir et lui parler ? Non, je ne peux pas l'envisager. Je suis trop forte pour elle, j'ai dépassé ses faiblesses de femme même pas amoureuse, ce qui anéantit toutes les excuses qu'elle pourrait trouver. Je me suis trop éloignée d'elle à présent pour accepter de jouer le jeu des retrouvailles. Mon rire offusque Sandrine, vexée par l'accueil que je réserve à sa proposition.

– Qu'est-ce qui te prend ?

Comment lui expliquer à quel point sa proposition me semble indécente ?

Je lui réponds simplement :

– Non, Sandrine. Je ne peux pas accepter de lui parler. Je ne veux pas accepter de lui parler.

Sandrine n'insiste pas. Avec le temps, elle a appris qu'il est vain d'essayer de me persuader.

« Suis-je coupable de ne vouloir qu'écrire ? »
Voilà ce que je vous écris, monsieur le juge.
« Suis-je coupable de ne pas trouver d'intérêt à parler ? »

Il est vingt et une heures.

Ce n'est toujours pas à mon tour de passer.

Je me souviens des paroles de Sandrine, il y a quelques heures, et je prends mon mal en patience. Je sais que la justice est lente, comme les dix dernières années de ma vie. Mon estomac est vide. Je me suis asséchée et je crois que l'on m'a oubliée dans cette antichambre qui a de faux airs de couloir de la mort. On m'enterre dans un bunker à l'abri des regards indiscrets. On ne m'a pas caché la horde de journalistes piétinant d'impatience à l'entrée du tribunal.

Une jeune parricide. Une petite jeune femme toute maigre et noiraude qui, d'un geste, a transformé la gorge de son père en geyser. Une lycéenne qui passe son bac entre deux convocations au commissariat et un dialogue avec le juge. Du pain bénit pour des journalistes en quête de sensations fortes. Les journalistes toujours sur le qui-vive lorsqu'il s'agit de traiter un drame croustillant.

Sandrine ne m'a jamais apporté une seule coupure de journal, mais mes camarades s'en sont chargés pour elle. Les silences à mon approche, les éclats de rire nerveux face à cette fille dont on ne sait s'il faut la blâmer ou, au contraire, la louer. Les profs qui ne savent que faire de ma présence dans leur classe, qui me regardent avec un air d'incompréhension mêlée de la frustration de ne pas avoir été de ceux qui ont décelé ma « situation familiale ». Je suis passée au travers des mailles et je devine, au fond de leurs pupilles, tout ce qu'il y a d'injuste à ne pas avoir pu jouer les héros. Je devine comment ils fouillent dans leurs souvenirs pour trouver la faille qui aurait pu les mettre sur la voie. Dans leurs yeux, la sollicitude se mêle à la rancune.

La rancune de ne pas être entrés dans la petite histoire en sauvant la jeune fille en perdition. La rancune à mon égard car jamais je n'ai parlé, alors que cela aurait été si facile de m'épancher. Ils n'auraient eu qu'à tendre leurs deux oreilles pour récolter les informations adéquates. Puis ils auraient pu faire un signalement à qui de droit pour enfin se targuer de leur acte : « C'est moi qui l'ai sauvée. » Au lieu de cela, j'ai sombré dans le silence, un silence de marbre qui leur pesait, et leur monde d'adultes n'a pas pu me sauver. Ces adultes prévenants et tellement peu enclins à juger. Les adultes et leurs regards qui ne se sont jamais attardés sur l'état de mes cheveux, l'éclat de mes yeux cernés. Tous ces adultes bienveillants mais irrités par mon silence sans jamais le trouver éloquent.

Mes silences ont écrit beaucoup de romans.

Mes silences et mes yeux pleins de larmes ont tout dit, sans jamais crier.

Mais on n'écoute que ceux qui crient.

Sandrine a enfin frappé à la porte, elle a cet air désolé que je connais bien. Elle hausse légèrement les épaules, afin de créer la connivence nécessaire pour supporter le poids de l'attente.

– Je suis désolée, c'est vraiment très long, je sais. Mais ça ne devrait plus tarder.

En guise de réponse, je hoche la tête en souriant, pour lui prouver que je suis réceptive à ses tentatives de réconfort. Je me sens comme une souris piégée, faite comme un rat au milieu d'une cave, sans un morceau de gruyère pour subsister. Je suis tenaillée par la faim.

– On va manger ? De toute façon il y a encore des gens avant nous.

J'en déduis qu'elle m'a menti. Nous ne sommes pas près de passer. Mais ce qui compte à présent, c'est le repos de mon corps. Je me lève et la suis vers la sortie, histoire de dégourdir mes jambes et de contenter mon ventre qui me crie son sentiment d'injustice d'être ainsi maltraité. Il ne connaît plus les coups de poing que je recevais il y a six mois à peine. Il a oublié la faim qui tient ivre toute la nuit lorsqu'on doit descendre dans son antre à six heures du soir pour n'en remonter que le lendemain, au petit déjeuner.

Sandrine me mène à une sandwicherie proche du tribunal, proche de chez vous, monsieur le juge. En mémoire de Guy, je choisis un poulet-curry arrosé de Coca light. J'imagine comme il serait bon de le déguster en sa compagnie. Mais le passé doit rester le passé. Le passé qui me renvoie le goût de ses lèvres et la douceur de ses mains, tout ce que je ne me sens plus capable de vivre. Tout ce que je ne me sens plus capable d'aimer. L'adolescente que je suis n'imagine pas recevoir d'autres baisers que les siens.

J'ai l'habitude des regards attentifs de Sandrine lorsque nous nous retrouvons en tête à tête. Elle me scrute, elle tente de percer mes mystères pour entendre avant vous ce que je pourrais avoir dans l'idée de ne réserver qu'à vous, monsieur le juge. La seule manière d'obtenir une exclusivité, ce serait de lire ce cahier, mais je sais qu'elle ne le fera jamais, par honnêteté, par discrétion sans doute.

Entre deux bouchées, j'essaie malgré tout de lui faire plaisir, parce que je l'aime bien et qu'elle est mon seul point fixe dans cette nouvelle vie, où parents et amis ne se bousculent pas au portillon pour m'aimer.

– Je crois que je ne serai jamais mère.

Sandrine me fixe, interloquée par cette remarque sortie de nulle part.

– Pourquoi ?

– Parce que mes démons sont tellement présents que je ferai forcément souffrir mes enfants.

– On ne peut pas toujours empêcher la souffrance, elle fait malheureusement partie de la vie, répond-elle.

– Il y a une différence de taille entre empêcher la souffrance d'un enfant et, au contraire, la provoquer. Il y a ceux qui protègent et ceux qui maltraitent.

– Tu dis que tu te sentirais capable de faire du mal ?

Je réfléchis intensément.

Oui ou non ? Ma réponse influera sûrement sur sa façon de me considérer. Sur la vôtre également, vous qui allez bientôt lire mes mots. Mais il me faut être honnête avec elle et avec moi-même. Au creux de mon ventre stagne un puits de violence qui me semble sans fond. Je sens dans mon corps vicié tout ce que cet homme y a planté. J'y entends des éclats de voix qui contentent mal ma colère. Serai-je un jour capable d'amour et d'indulgence ? Serai-je un jour capable d'accepter simplement l'amour et ses manifestations ? Les étreintes, les baisers, les yeux pleins de désir, une main dans les cheveux.

– Disons que, pour le moment, les êtres qui manquent d'amour et qui attendent qu'on leur en donne un peu ne doivent surtout pas tomber sur moi.

Ma réponse me vaut un sourire. J'imagine le vôtre. Vous me considérez encore comme une enfant, quand bien même il n'y a plus en moi grand-chose de l'enfance. Pour autant, je ne souhaite pas être une femme.

Je voudrais un corps neutre, vide de sens et de toute apparente féminité. Une enveloppe terne qui se fonde dans le décor et que l'on ne remarque pas, pour avoir le temps d'aimer cette personnalité qui aurait pu être la mienne.

Pour rêver à ce que je pourrai être, en dehors de ma cave et de mon père.

Ensuite, seulement, je deviendrai une femme.

– Allons-y, me dit Sandrine au bout d'une bonne heure.

Et nous retournons dans l'antre de la Justice.

« *Nulle part excepté le néant.* »
Voilà ce que je vous écris, monsieur le juge.
« Je ne suis *nulle part excepté le néant.* »

Il est minuit.

Sandrine entre doucement. Elle me jette un regard surpris lorsqu'elle s'aperçoit que je ne dors pas. Incontestablement, il est normal qu'une jeune fille de dix-sept ans qui attend d'être jugée pour le meurtre de son père finisse par s'endormir passé minuit.

– Je pensais que tu serais épuisée, après tout cela, remarque-t-elle.

– J'avais quelque chose d'important à terminer.

Je tiens toujours mon cahier serré contre mes genoux. Sandrine le fixe comme si elle tentait d'en déchiffrer les codes secrets pour une guerre éventuelle. Mon cahier l'aura perturbée toute la journée, elle aurait aimé pouvoir y jeter un œil. Je crois que cela ne m'aurait pas dérangée, à partir du moment où l'on ne me demande pas de parler.

– C'est l'heure. Dans cinq minutes, ce sera notre tour. Tu es prête ?

– Tu peux me laisser seule deux petites minutes, s'il te plaît ? Je voudrais achever. C'est important.

Sandrine ne tente pas de comprendre, ni de rétorquer quoi que ce soit, mon rapport à l'écrit est puissant, autant que mon aversion pour les conversations intimes. Elle quitte la pièce à pas feutrés. Et je ne me soucie plus d'elle durant les quelques secondes à venir, même si j'entends son piétinement léger et impatient derrière la porte.

Nous y voilà, monsieur le juge.
La rencontre avec mon destin. Vous allez me parler de mon avenir en ce jour où je me suis libérée de mes chaînes.

Mes mots vont vous prendre du temps. Ils vous ouvriront les portes, vous donneront à voir mes blessures, mes silences incompris. Vous aurez mes bleus, mes cheveux humides et gras, les trous dans ma hanche, mon premier amour, le meurtre. Si je n'ai pas parlé durant ces années où le besoin me brûlait les lèvres, ce n'est pas pour le faire cette nuit, alors que tout commence.

Je me prépare intensément, gagnée par l'effervescence. Mon cœur va exploser et se répandre, comme les cailloux que le Petit Poucet sème sur son passage. Je vais en égrener les miettes, de petites miettes ensanglantées qu'on peinera à ramasser.

Dans deux minutes à peine, je me planterai devant vous, mes pieds plus que jamais ancrés sur ce sol. Avant que vous puissiez prononcer le moindre discours, je vous tendrai ce cahier rouge qui en une journée a recueilli les étapes les plus marquantes de ma vie. Celles qui ont fait de moi ce que je suis. Celles qui m'ont menée à ce geste. L'inévitable meurtre.

Il n'y aura rien à ajouter, rien à pleurer, dans ce bureau moite qui en a vu tellement défiler.

Ce cahier est pour vous, monsieur le juge.
Il est fait de ma force, de mes faiblesses et de ma foi.

Dans la collection, Chemins Nocturnes
(suite)

Alexis Ragougneau
La Madone de Notre-Dame

Karim Miské
Arab Jazz

Antonin Varenne
Fakirs
Le Mur, le Kabyle et le marin

Dominique Sylvain
Baka !
Sœurs de sang
Techno bobo
Travestis
Strad
La Nuit de Géronimo
Le Roi Lézard
Vox
Cobra
Passage du Désir
La Fille du samouraï
Manta Corridor
L'Absence de l'ogre
Guerre sale

Fred Vargas
Ceux qui vont mourir te saluent
Debout les morts
L'Homme aux cercles bleus
Un peu plus loin sur la droite
Sans feu ni lieu
L'Homme à l'envers
Pars vite et reviens tard
Sous les vents de Neptune
Dans les bois éternels
Un lieu incertain
L'Armée furieuse

Fred Vargas / Baudoin
Les Quatre Fleuves
Coule la Seine

Estelle Monbrun
Meurtre chez Tante Léonie
Meurtre à Petite-Plaisance
Meurtre chez Colette (avec Anaïs Coste)
Meurtre à Isla Negra

Maud Tabachnik
Un été pourri
La Mort quelque part
Le Festin de l'araignée
Gémeaux
L'Étoile du Temple

Jean-Pierre Maurel
Malaver s'en mêle
Malaver à l'hôtel

Sandrine Cabut / Paul Loubière
Contre-Addiction
Contre-Attac

Laurence Démonio
Une sorte d'ange

Colette Lovinger-Richard
37e Parallèle
Crimes et faux-semblants
Crimes de sang à Marat-sur-Oise
Crimes dans la cité impériale
Crimes en Karesme
Crimes et trahisons
Crimes en séries

Philippe Bouin
Les Croix de paille
La Peste blonde
Implacables Vendanges
Les Sorciers de la Dombes

Liliane Korb / Laurence Lefèvre
Sang dessus dessous

CET OUVRAGE
A ÉTÉ ACHEVÉ D'IMPRIMER
PAR L'IMPRIMERIE FLOCH
À MAYENNE EN MARS 2014

N° d'éd. 268. N° d'impr. 86518
D.L. janvier 2014
(Imprimé en France)